最晩年のミルトン(パステル画)

ミルトン

●人と思想

日本女子大学教授
新井　明　著

134

CenturyBooks　清水書院

この小著を
福田陸太郎教授
に捧げる

はじめに

ミルトンは日本の近代化の過程に、すくなからざる影響をとどめた。明治期はキリスト教詩人としてのミルトン、あるいは革命的思想家としてのミルトンに知識人の関心があつまった。大正期にはいると、やや学究的なミルトン研究が出はじめる。徳富蘇峰の『杜甫と彌耳敦』（一九一七年）などはその代表例であろう。この大正期までは一般にこの詩人＝思想家を偉人とする見方が主流であった。

昭和期にはいるや、一気に学問的な業績が続出する。繁野政瑠《まさる》（天来）『ミルトン失楽園研究』（一九三二年）、岩橋武夫『失楽園の詩的形而上学』（一九三三年）、齋藤勇《たけし》『John Milton』（一九三三年）などである。この時期、げんみつには大正末期から昭和初期にかけては、日本はひとつの文化的高揚期にあったのであろう。しかしそのあとは、暗黒の十五年戦争期に突入する。学問的営為は一頓《とん》挫《ざ》をきたした。

筆者がミルトン研究をこころざしたのは、敗戦後一〇年ちかくたってからのことである。戦後の精神的挫折のなかで、不易のものを求めるこころが芽ばえ、文学研究者としては、けっきょくミルトン研究へと導かれたのであった。しかし偉人としてのミルトンに興味があったのではなく、一市井人ミルトンがあの一七世紀の革命期をいかなる灯火をかかげて生きていったのか、そしていかなる道筋をへて大作『楽園の喪失《パラダイス・ロスト》』の制作に到り着いたのか、その足跡が知りたかった。できることなら、日本という国におけるいまとここに生きるよすがを、ミルトンじしんの生涯のなかに探しあてたかったのである。

しかし厳正であるべき学問的仕事は、研究者の個人的願望をこえていなければならない。わたくしも一研究者としては、当時の（「新批評」の方法をふくめた）ミルトン批評のただなかに身をおくことになる。

それから十数年がたったころ、生地《おいじ》竹郎氏が次のように書いてくださることになる。齋藤勇、竹友藻風、平井正穂、「それから新井の諸教授の研究は、宗教への重大な関心をもってミルトンと対決する姿勢をとりながら、なお学問的にミルトンの芸術を攻略せんとするものである」[*1]。三大先達と並べられて、いささか恐縮したが、そのお三人とともにわたくしの仕事が宗教と文芸への双方への関心から成っている事実を認めてくださったことは、ありがたかった。

ミルトンは宗教と文芸に身を挺した人物であり、虚心坦懐にかれを究めんとすれば、そのふたつの視座の一方を欠くことはできないはずのものである。このたびのこの小著も、その立場を外すことなく、一七世紀人であったミルトンの詩人＝思想家としての成長の跡をたどったつもりである。

戦後五〇年、ミルトン研究は（わが国の学界をもふくめて）格段の進歩をとげた。それはまことに慶賀すべきことである。しかし一般的に、研究の進歩には、方法論の変化と研究分野の細分化がともなう。ミルトン研究の分野もその例外ではない。

ミルトン学界も、いつかはまた総合化の時節を迎えなくてはならない。その時節を迎えて、この詩人＝思想家の全体像が見わたせる地点をさがして、その地点を学界共通の標識とすることが必要である。一木一草はもちろん大事だ。が、ときには森の全容を確かめなくてはならない。そのことは高山登攀《とうはん》の経験者なら、だれしも承知していることである。頂きを指して森のなかを行く道をたどる小さな地図——そのような案内図をわたくしは書きたかった。

ガイドブックであるから、専門家の難とする問題には深入りはしない。また筆者がかつてどこかに発表した文章でも、また訳文でも、入門書として役立ちそうなものは、臆せずに再利用することにした。その点、いくつかの出版社のお許しをいただきたい。

後進の皆さんの、そして一般読書子各位のご参考になればと願いつつ、この小著を世に送る次第である。

注

＊1――生地「ミルトンのピューリタニズム」（石井正之助、ピーター＝ミルワード監修『英国ルネッサンスと宗教』荒竹出版、一九七五年）、一七二ページ。なお一六六ページ。

ミルトン◉目　次

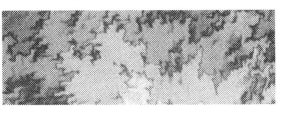

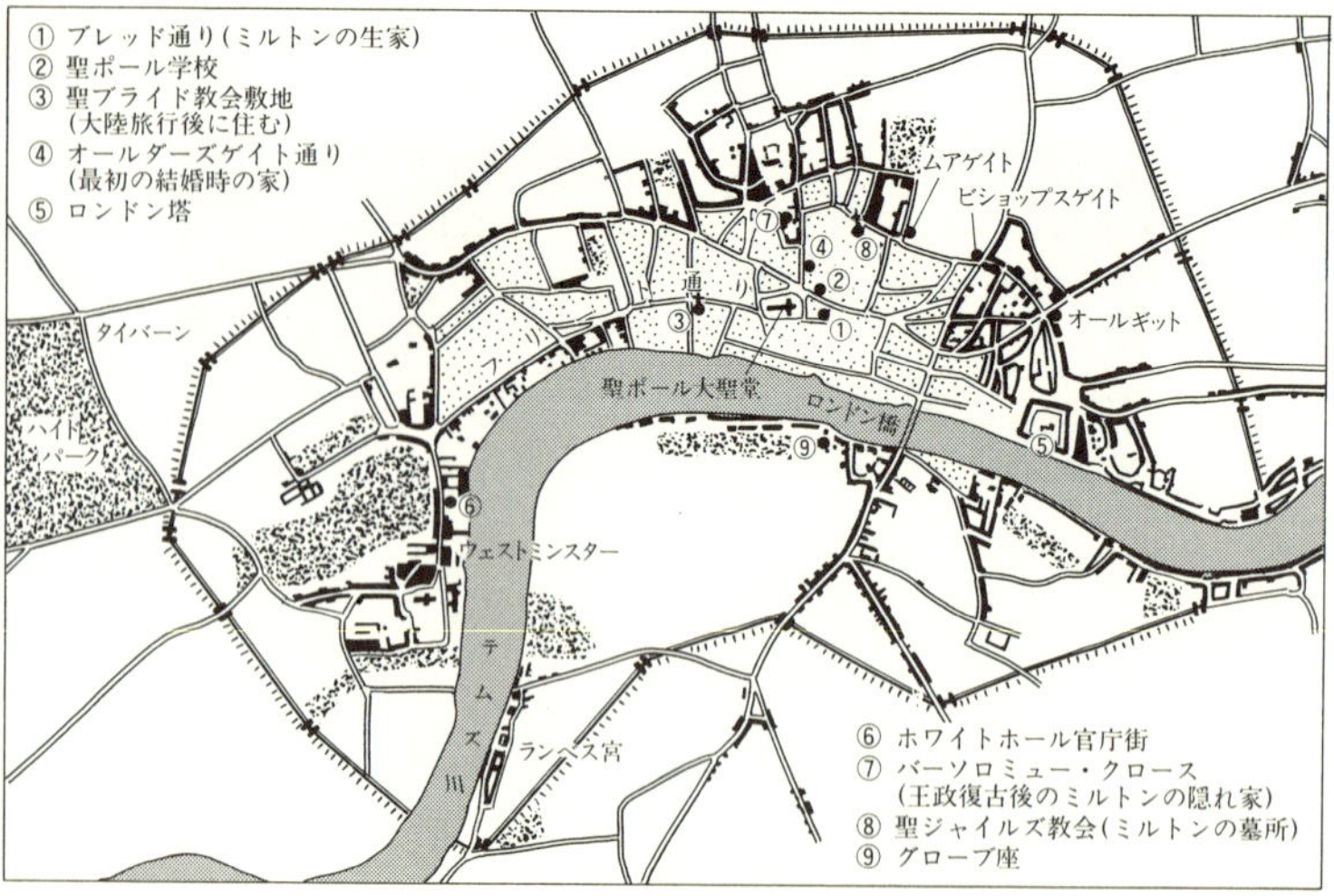

ミルトン時代のロンドン

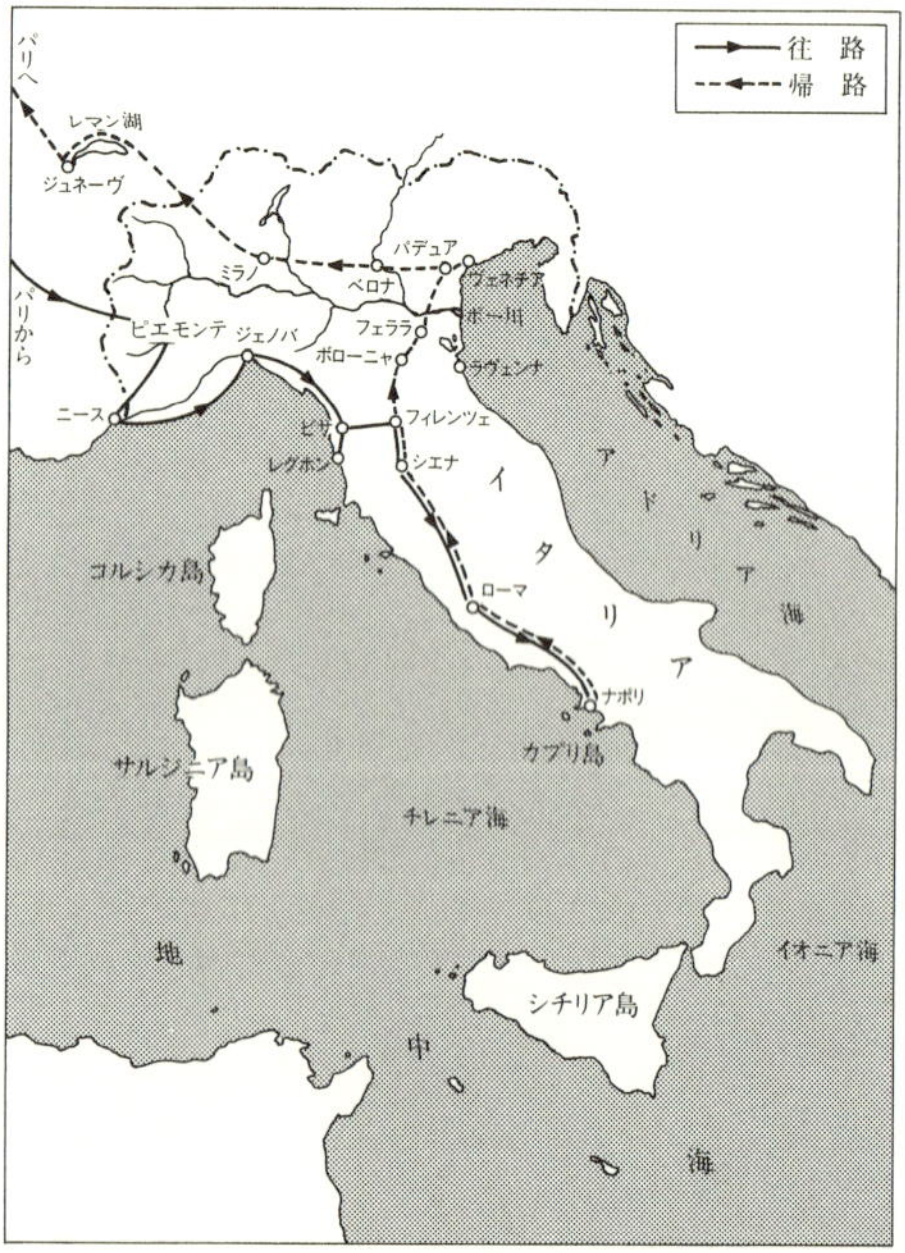

イタリア旅行(1638年5月より1639年7月)

第1章　ミルトン略伝――デッサンふうに

田園詩から出発して

ミルトンは富裕な公証人を父として、一六〇八年の暮れにロンドンに生まれる。この父から思想的にも情操的にも、多くのものを受けついでいるらしい。聖ポール学校を経て、ケンブリッジ大学のクライスツ・カレッジへすすむ。仲間から「クライスツの淑女」というあだ名をたまわったのは、その目鼻立ちのととのった容姿のためばかりでなく、カレッジを代表するだけの秀才であったからである。ローマの詩人オウィディウス（前四三―後一八ころ）を模して、恋愛詩を書いたりしている。詩作として重要なのは「キリスト降誕の朝に」（一六二九年）や「快活の人《ラレグロ》」、「沈思の人《イルペンセロソ》」の一対の作品（一六三二年ころ）などである。大学卒業後、定職にもつかず、父の世話でロンドン西郊に隠棲《いんせい》した六年のあいだに、「アルカディアの人びと」（一六三三年ころ）など相当数の小品をのこしているが、とくに「コウマス」（一六三四年）、「リシダス」（一六三七年）が代表的なものである。いずれも田園詩ふうの作品である。田園趣味《パストラリズム》は一六三〇年代のイングランドの「のどけき時代」に一般的な風潮であって、ミルトンもその風潮の一翼をになっていたといえる。ただ、かれのばあい、キリスト教的な世界観を基調にしたところに特徴がある。

一六三〇年代のミルトンについて重要なもうひとつのことは、この時期にかれは将来叙事詩人として立つ準備をしていたということである。ミルトンにおいては、叙事詩の模索は、キリスト教的な世界観と一体のもので、両者が連携しあいつつ、将来の叙事詩人を形成してゆく。「リシダス」は一友人の夭折《ようせつ》を悼んだ田園詩であるが、構造的にはピューリタン的峻《しゅん》厳《げん》の詩行が、その田園趣《パストラリズ》味《ム》を押さえる。国教会派の聖職者たちの貪欲《どんよく》を、使徒ペテロが叱責する部分などは、語調がはげしく、次の世紀のジョンソン大博士のひんしゅくを買った。しかしこのピューリタン的な調子は、すでにのちの叙事詩の風《ふう》をそなえている。結びの一行——

あすはさわやかな森、新しき牧場へ

は、田園詩の世界を出て、別の世界での可能性をさぐろうとする心意気さえうかがわせる。

論争の二〇年

ミルトンは一六三八年から翌年にかけて、イタリアへ旅行する。学問の基礎を身につけた若者が、その仕上げのためにこころみる例の大旅行《グランド・ツア》である。ミルトン

は叙事詩の制作のことを胸にひめつつ、異国を歩いたらしい。帰国後、一六四〇年代のはじめには、悲劇の筋書きを九九種も書いている。そのなかに「アダムの楽園追放」"Adam unparadiz'd" という題の筋書きがある。

しかし『楽園の喪失《パラダイス・ロスト》』が出来るまでには、さらに二〇年を経なければならない。ミルトンは、ちょうど革命の時期にあたるこの二〇年間を、おもに議会側の論客として過ごしたのである。かれは宗教論、家庭論、政治論を、さかんに書いた。最初は長老派[*1]の立場であったが、一六四四年にはその派とは手を切り、独立派[*2]に近い立場にたつ。この年には『教育論』、『アレオパジティカ（言論の自由論）』などを書いた。議会が国王チャールズ一世を断罪した一六四九年には、ミルトンはクロムウェル（一五九九―一六五八）の外国語担当秘書官に任ぜられる。論文を書き、外交文書を作成するあいまに、かれはいくつかのソネットをのこした。そして一六五二年の春までには、両眼が失明した。一六五五年ころ大著『キリスト教教義論』を書き、さらに一六五八年ころからは叙事詩『楽園の喪失』の口述にかかる。

ミルトンの散文は特異である。かれは若いころから母国語への愛を告白していた。このこと自体が進歩的プロテスタントの知識人の共通感情といえるものであった。また、スコラ的な思考様式に反発を感じ、ベイコンを尊敬し、「事実」第一主義の立場をとった。こういうかれの文体であるから、簡潔であっていいはずなのだが、そうはいかない。文章そのものがこのうえなく長く、難解で

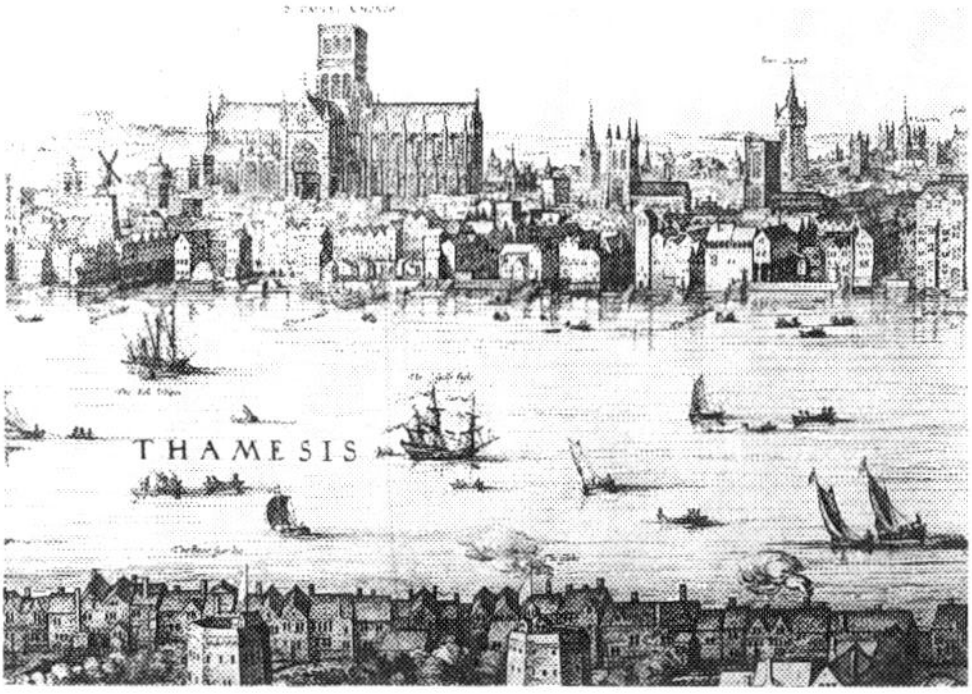

ミルトン時代のロンドン

ある。『スメクティムニューアス弁明』（一六四二年）をみると、ミルトンはセネカふうを排し、「純粋な文体《ピュア・スタイル》」を推奨しているが、これはキケロふうのことなのである。議会派の論客の弁としては、奇異にさえ感ぜられる主張である。しかしミルトンの実際の文章は、装飾体ではない。事実をあからさまに描きだし、それを濃厚な感情をこめて語る。キケロふうといっても、これはジョン＝リリー（一五五四ころ―一六〇六）のユーフュイズムとよばれる装飾文体などとは異なるものである。

　ミルトンは散文を書くばあいも、詩人であった。しかもその詩人が具体的問題をつかまえて、具体的な論敵を脳裏に描いて、語るがごとくにペンを走らせている。だからかれの文体は、かりにかれが議員であったならば、議政壇上において実際に用いたであろう語り口であると思えばいい。詩的な弁論口調《オラトリカル》の文体なのである（『楽園の喪失』第一巻、第二巻の堕落天使たちの討論も、議会の討論の模様をほうふつさせると論ずる評者もいる）。

　もうひとつミルトンの文体にかんして考えておくべきことがある。発言の内容が後世にまで伝え

られることを望むならば、「ラテン語ふうの文型」にもとづく「学識ある文体」でなければならないという文体観が、かれの同時代にひろくうけいれられていた。ミルトンはこの見方に立っていたと考えることもできるのである。

論争の二〇年は無駄ではなかった。この間にミルトンは、神との契約関係に立ちつつ「正しき理性」に拠《よ》り、おのが「選択者」として節制と忍耐の歩み方をする人間像に思いいたったからである。これは「全体」よりも「個」を重視する態度であり、ここにミルトンが長老派との関係を断つ原因があった。かれはこの人間像を、現実に生きようとつとめる。それが、一六三〇年代のかれじしんの田園詩の時代以来、かれがさぐってきた叙事詩的英雄の生き方である、とかれには思えた。またこの論争時代に、いわゆるミルトン的な文体を完成している。だからさきの人間像を、この文体をもって表現する時は、刻一刻と近づきつつあったのである。

『楽園の喪失』の特異性　一六六〇年に王政復古がなり、ミルトンなどが支持した共和政は潰《つい》え去る。かれはそれ以前から『楽園の喪失』の口述にかかっている。その完成には数年を要し、一六六七年に出版される。ミルトンはそれを、「神の道の正しさを人びとに明らかにする」（第一巻二六行）ために書いた。素材としては旧約聖書の「創世記」第一章から第三章までの、天地創造と人間の追放の物語である。本来は悲劇である物語を、叙事詩として書いた。

叙事詩にはいろいろと文学的仕来りがある。詩神《ムーサ》への呼びかけ《インヴォケイション》とか、戦争の場面とか、旅行とか、それから物語を「中ほどから」はじめるといった、形式上のならわしである。しかしこういう形式上の仕来り以外に、叙事詩を叙事詩たらしめる要因がある。それは要するに、叙事詩は一民族を代表するに足る崇高な歴史的人格を、荘重体《グランド・スタイル》でうたいながら、その民族の栄光をたたえるものである、ということである。

しかしミルトンはアダム物語を選択するにあたり、一英国民をこえた、全人類のための神の栄光の証言という雄大な構想に思いいたった。この点がすでに特異である（アダムの物語は、当時、歴史的事件と考えられていた）。ミルトンはそのアダムを、堕罪にもかかわらず、神との契約に立ち帰り、神の意思を信じきって楽園を出てゆく崇高な範例《モデル》の人間像に仕立てた。それを詩人は、論争時代の二〇年間に体得した弁論口調《オラトリカル》の荘重な文体を駆使して語った。武勇にたけた英雄を主人公とすることが定石の叙事詩の伝統を考えると、神の摂理を信じつつ歩みゆく普通人アダムに真のヒロイズムを認め、かれを主人公にしたこの叙事詩は、破格の作といえよう。

サタン

しかしこの叙事詩のなかに従来の英雄的主人公に匹敵する登場人物《キャラクター》がいないかといえば、いる。サタンである。かれは「天の専制」（第一巻一二四行）に反抗し、戦いに敗れ、天使の三分の一を引きつれて地獄へおとされた。あたり一面が火を吹く「恐ろしき牢獄」である（第

一巻六一行)。かれは「地獄での君臨は天国での隷従よりは増《ま》しじゃ」(第一巻二六三行)と豪語する。堕落天使軍の会議で、復讐《ふくしゅう》にもえたかれは、天から垂れ下がる宇宙の、その中心の地球へひとりで行き着き、最近になって造られたばかりの人間を堕落させてやると、決意のほどを披瀝《ひれき》する。地獄門を出て、混沌界《カオス》を通る危険にみちた苦しい長途の旅。やがてエデンをみはるかすことができたときに、複雑な感情にとらわれ、「あわれ、わが身！……いずこへ逃れても、地獄。わしこそ地獄」(第四巻七三―七五行)と嘆く。一軍の将たるものの、あの英雄的長征とこの愁嘆。これはもう、ホメロスの英雄譚《たん》の雰囲気である。しかし、大役を果たして地獄に帰還し、堕落天使軍を前にして、「われ勝てり」と演説をぶつ。歓呼の声を期待するかれの耳にとどいたのは、あたり一面の、無数のヘビの舌から発する叱声であった(第一〇巻五〇四行以下)。これは典型的な急落《ベイソス》のシーンであり、このシーンひとつで、さしものサタンのヒロイズムも頓死《とんし》する。サタンのヒロイズムは、ミルトンの考える真のヒロイズムのパロディでしかない。ミルトンは伝統的な英雄の姿を拒否している。

「個」としてのアダム

ミルトンの時代が「全体」よりも「個」を重視する時代となっていたことは、すでにのべたところである。一六四〇年代のミルトンは、「正しき理性」に依拠する自律的な「選択者」である「個」を、理想的な人間像の原型として確定した。『アレオパジティカ(言論の自由論)』が描く「真の戦えるキリスト者」とは、それを指している。アダムの堕落は、かれが「女の魅力」（第九巻九九九行）に敗けたところに成立する。しかしその堕落も、かりにかれが「神の声」に従うならば、修復されうるものなのである。天使の教えをとおして、アダムはそれを学ぶ。

真の愛は理性に座を占め、
思慮に富む。愛を階段《きざはし》として行けば、
肉の快楽に沈むことなく、やがて天の愛にも
昇りつけよう。

（第八巻五九〇―五九三行）

この叙事詩は雄大な構想の作ではあるが、基本的には、「コウマス」以来の「善」と「悪」との戦いのテーマ、つまり誘惑のテーマを継承している。「個」自体の内省の問題に発した作である。

「自由共和国」

この叙事詩はたしかに「個」の倫理を問題としている。しかし小宇宙としての「個」の倫理は「全体」の倫理に「照応する」はずである。第一二巻で天使ミカエルはニムロデ物語にふれる。ニムロデとは、「創世記」の伝えるところによれば、「世の権力者となった最初の人である。かれは主のまえに力ある狩人であった」（一〇の八―九）。ミルトンの脳裏

では、じつにニムロデはサタンと、さらにはチャールズ一世と結びついている。そのニムロデについて、ミカエルは語る——

　　やがて心たかぶれる
ひとりの野望家が起こり
……………
調和と自然の法とを
大地から除去せんとする。

（第一二巻二四—二五、二八—二九行）

「自然法」に反する専制君主は、「正しき理性」にもとる暴力だ、といっているのである。理性の喪失が圧政を生む（第一二巻七九—一〇一行）。『楽園の喪失』は「個」が「自然法」、「正しき理性」へ帰順することにより、「全体」の「調和」が回復されることを希求した作品である。古き秩序が崩れ、道徳のみならず、政治・社会の諸相における価値観にバベルの乱れの現出した時代にあって、ここにミルトンは新しい秩序のありかを見いだすことができた。このことは、じつは、かれが王政復古のまさに直前にいたるまで固執した「自由共和国《フリー・コモンウエルス》」の倫理面での主張と重複してくる。この叙事詩は「個」への興味に発しながら、「個」に照応する政治体《ボディ・ポリティック》の理想像を主張する作品でもあるといえる。

スペンサーの流れの完成者

ミルトンはやがて消えてゆくべき古き秩序に恋々としていなかった。かれの目ざした秩序の世界は、中世以来の位階《ヒエラルキー》の回復ではなかった。

安息のところを選ぶべき世は、眼前に
ひろがる。摂理こそ彼らの導者《しるべ》。
手に手をとって、さ迷いの足どりおもく、
エデンを通り、寂しき道をたどっていった。

（第一二巻六四六—六四九行）

叙事詩の最後の四行である。アダムの眼前には行くべき荒野がひろがっている。かれは歴史の荒野のなかへ、自然の法に拠りつつ、出立する。「摂理」を導者《しるべ》と信ずる「理性」のなかに新しい秩序のありかを認めている。ここに同時期の詩人アンドルー＝マーヴェル（一六二一—七八）のばあいのように、小さな庭のなかを歩くか、庭の外へと出るか、という迷いはなかった。ミルトンの世界では「囲われた庭」への信頼は崩れている。

失明の詩人は、「国民にとって教訓的な」叙事詩をつくりおえた。かれじしん「アクイナス以上の師」とまで尊敬したエドマンド＝スペンサー（一五五二ころ―九九）以来の「公的な」詩人の系譜は、ここに完成した。田園詩から出発して叙事詩に終わる道程そのものも、そもそもスペンサーの歩みの跡であった。

晩年のミルトン

『楽園の回復《パラダイス・リゲインド》』と『闘技士サムソン《サムソン・アゴニスティーズ》』とは一六七一年に合本で出た。前者は「マタイ福音書」と「ルカ福音書」（双方ともその第四章）に記される「キリストの荒野の誘惑」を素材にした叙事詩であり、後者は「士師記」第一三章以下のサムソン物語に資料を仰いだギリシア悲劇ふうの作品である。いずれも一七世紀の聖書解釈学を背景にして、「忍耐」の徳をたたえた作である。ミルトンの最後の作とみられる『闘技士サムソン』では、主人公は妻にそむかれ、民族解放の戦いに敗れて、生きて虜囚のはずかしめをうけている。両眼はえぐりとられている。

おお暗黒《やみ》、暗黒、暗黒。ま昼の光のなかで、
医《いや》しがたき暗黒《やみ》、皆既《かいき》の蝕《しょく》。
陽光に接するの希望《のぞみ》など、あらばこそ！
（八〇―八二行）

サムソンの嘆きはミルトンの体験を伝えている。この主人公は神の栄光のために神への従順を喜びとして、従容《しようよう》として殉教する。劇の結びの四行――

しもべらに神は、この偉《おお》いなる結末から
真の経験を新たに学びとらせ、平安《やすらぎ》と
慰安《なぐさめ》と、心の静けさとを授け、かれらを
立ち去らせた、激情はすべて鎮《しず》めて。

は、サムソンの最後の心境ばかりでなく、ミルトンの生涯と芸術の完成の境地をいいつくしている。共和政府の一員であった詩人の晩年は身辺不穏であったが、その心境は明鏡止水のごとくであったといえるであろう。
一六七四年一一月の、たぶん八日、三番目の妻エリザベスに看取られて逝く。痛風の発作であった。行年六五歳。

注

＊1――カルヴィンの預定説のふかい影響をうけ、長老派による統一的教会統治を実行した改革派。イギリス革命期のスコットランド教会は長老主義であり、この期のイングランド議会もはじめは長老派議員が優位を占めた。

＊2――個別教会の自治権を尊重しつつ、教会同士の協力をもとめたプロテスタントの一派。改革派やイングランド教会の主張する統一的な教会統治に反対した。この派は革命が勃発した一六四〇年代のはじめは少数派であったが、クロムウェルにひきいられ、やがて軍隊と議会の中核を占め、革命遂行の中心勢力となる。

第2章　一六二八年の夏――叙事詩への志向

青年ミルトンの教育　ミルトンの父ジョンは若いころプロテスタント――それも長老派――に改宗し、その父リチャードと別れてロンドンで自立した人物といわれている。公証人として成功した。しかし文学・音楽を愛好し、芸術一般についてひとかどの見識をそなえていた。この人文主義的雰囲気のただようピューリタンの家庭に、われわれのジョン＝ミルトンは生まれ、育った。ブレッド通りの自宅の近くには、すぐれたピューリタン説教家リチャード＝ストックの牧する万聖教会（All Harrows）があり、ミルトン家はこの牧師とも親しい間柄であった。ストックは、長老派の指導者ウィリアム＝パーキンズの時代にケンブリッジ大学で教育をうけた人物である。若いミルトンは知的にも情緒的にも、改革派の空気のなかで時をすごしたといっていい。

父親のミルトンは幼い息子に有能な家庭教師をつけたが、その青年教師を紹介したのは、おそらくこのストックであった。トマス＝ヤングが幼いミルトンの教育にあたったのは、ミルトンが一六二〇年ころに聖ポール学校に入学する、かれの一〇歳前後までの数年間のことである。ヤングは、のちにケンブリッジ大学のジーザス・カレッジの学寮長に推されるほどの人物であるし、また神学者リチャード＝バックスターが「学問、判断力、信仰、またその謙虚さにおいて卓越した人物」とまで評した人柄だけあって、ミルトンに及ぼした影響は深かった。ミルトンはその後も、この長老派のスコットランド人学者に師事し、この師から文芸にたいする愛と改革派プロテスタンティズムのエートスとを学んだ。若きミルトンの人格形成にあずかった人物は他にもあるが、トマス＝ヤングはなかでも最重要の人格である。ミルトンは「わが魂の半分以上の存在」とよんだこの師に、一六二八年の夏にも、思慕にみちた書簡を送っている。

「より厳粛な主題」

「権利請願」が国王チャールズ一世に提出され、その後バッキンガム公が暗殺される一六二八年の夏、ミルトンは一九歳の夏を、ケンブリッジ大学のクライスツ・カレッジで送っている。トマス＝ヤングあての書簡のなかで、「ミューズの僧院」にこもって「文学的余暇」を楽しんでいます、と書いているのだが、それはこの七月につくった「宿題として」“At a Vacation Exercise”という作品をふくむ仕事をさしていっているのであろう。「幸あれ、母国語よ」ではじまる全体一〇〇行の、二行連句の詩である。

〈母国語〉によびかけながら、詩人は「より厳粛な主題」“some graver subject”を追求したいとねがう。この「より厳粛な主題」とは何なのか。それに答えてくれるのが、次の一節である。

恍惚の心が、めぐる天球を
高く越え、天の門から
なかをのぞき、至福の神が
雷とどろく玉座にいまし、
ひげをのばしたアポロが金の
琴線にあわせてうたい、女神へーベーが
父王ゼウスに不滅の酒を捧げるのを、見る。
……………………
うたえ、秘密の出来事を、老いた女神〈自然〉が
まだ生まれたばかりのころ起こった事柄を。
最後に、賢者デモドコスがアルキノオス王の
饗宴《きょうえん》で、歌おごそかに語り、
悲しきオデュッセウスや居並ぶものの心が、
その妙なる調べにこころよく

囚われた、あの王、女王、
英雄たちのいにしえの物語を、うたってくれ。　（三三—三九、四五—五二行）

ここでミルトンが、三種類の詩をかぞえあげていることはたしかである。第一は、天上の神々やアポロンの頌栄《しょうえい》の詩である。天体の音楽や天上の音楽が、キリスト教的色彩にいろどられた調べをもっていたことは、ルネサンス期の文学においてきわめて一般的なことであったし、ミルトンじしんのケンブリッジ時代の「第二弁論原稿」——「天体の音楽について」と題される——を見ても、明らかである。出てくるのはアポロンやゼウスであっても、キリスト教的な意味づけがなされているとみていい。第二は、〈自然〉以前の「秘密の出来事」、つまり天地創造にかんする興味をみたす詩である。紀元前八世紀の詩人ヘシオドスの『神々の起源』や、オウィディウスの『転身物語』、とりわけデュ＝バルタスの『聖週間』（一五七八年）などに範をとった作品である。当時のいわゆる自然哲学《ナチュラル・フィロソフィ》への関心の高まりと、それに触発された「創世記」への異常なまでの興味が、創世物語の叙事詩を数多く生む原因のひとつとなっていた。最後に、第三は、「王、女王、英雄たちのいにしえの物語」、つまり古典英雄詩である。

母国語

主題についての考察はこれくらいにしておいて、次にこの詩のことばがラテン語でなく、英語であったという点に注目しなければならない。この詩が母国語で書かれたということは、ミルトンにとって画期的な意味をもっていたと思われる。そのことを四点に絞って考えておきたい。第一に、ラテン語が「世界のことば」として権威と効用を誇っていた時代に、ミルトンが、あえて母国語にたいする関心と愛着とを告白することにかんしては、英語の礼賛者であり、みずから『英語文典』（一六一九年）の著者でもあった、聖ポール学校時代の恩師アレグザンダー＝ギルの影響が考えられる。それはともあれ、母国語による作詩ということが、作者の愛国心の自覚ということと無関係ではなかったことも事実であったろう。ミルトンの「宿題として」という作品は「幸あれ、母国語よ」という、呼びかけにはじまり、牧歌ふうのイングランド賛歌で終わっている。

第二として、母国語であからさまに表現できるだけの倫理的内容を詩人がつかんだということが考えられる。外国語で詩をつくるかぎりは、才気煥発《かんぱつ》な俊才にとっては、一種の隠《かく》れ蓑《みの》的な気安さがあったにちがいない。もしそうとすれば、外国語から母国語へ、という表現手段の変化は、詩人じしんの倫理観の変化を要求する事柄であったといいうるであろう。じじつ、表現手段としての古典語からの独立は、ミルトンのばあいも、かれのピューリタン的自覚の強化と並行して、はじめておこなわれうることであった。この作品の冒頭を飾る「幸あれ、母国語よ」という呼びかけは、詩人の主体的変容の宣言ともみられるわけである。

第三に、その「より厳粛な主題」というのが叙事詩であったという点である。叙事詩制作の意欲は母国語への愛と無関係ではありえない。そのことは、ダンテの『神曲』（一三〇七―二一年）、アリオストの『狂えるオルランド』（一五一六年）、タッソーの『エルサレム解放』（一五七五年）、それにエドマンド＝スペンサーの『妖精の女王』（前半一五九〇年、後半一五九六年）などの例をみれば明らかである。愛国心は叙事詩を成立させる重要な背景となっている。ミルトンにとっても、母国語への愛の覚醒《かくせい》と叙事詩制作の意欲とは切り離せないものであった。

第四に考えるべきことは、古典叙事詩の作者たちは当時絶大な名声を博していたということである。とくにホメロスとウェルギリウスとは最高位にくらいし、その権威を凌駕《りょうが》するものは聖書をおいて他になかった。この二大叙事詩人の作品は、ルネサンス期のタッソーやスペンサーなどの作品とともに、キリスト教的倫理観の目で、宗教書としてさえ読まれた。それゆえにこそ、ピューリタンでもあり、ケンブリッジ・プラトン学派のひとりにかぞえられるピーター＝ステリは、上記四人のつくった叙事詩を、「聖書による聖なる作品」とまでよんだ。[*1] だから、とうぜんのこととして、叙事詩の制作をこころざすほどのものは、みずから汚れなきもの、道徳的に全きものたることを決断する必要があった。一六二八年七月という時点において、一九歳のミルトンの意識のなかに、「宿題として」にみられる叙事詩制作の意図と、ヤングあて書簡にみられる厳しい倫理観とが、ふたつともども前面に押しだされてきたということは、偶然ではないのである。「より厳粛な主題」

を追求するという宣言は、じつはそれじたいのなかに、叙事詩制作の意図はもとより、あらゆる誘惑にうち勝たんとする道徳的決意が含まれているはずのものなのである。じじつ、ミルトンはこの翌年に書くことになる「第六エレジー」では、叙事詩人たらんとすれば、節制につとめ、人格廉直でなければならないと、友人チャールズ＝ディオダティへ告白することになるのである。

この角度からも一六二八年夏という時点は、ミルトンにとって決定的な意味をもつといえる。かれはプラトン的エートスをそなえた長老派のトマス＝ヤングに理想的な人間像を見いだしつつ、叙事詩人たらんとする意図を固めるのである。この翌年一六二九年の春にはケンブリッジの学部を卒業し、つづいて大学院へすすむ。その年末につくる二四四行の作「キリスト降誕の朝に」は、内容の大きさといい、文体の荘重さといい、その前年に告白した「より厳粛な主題」を追う詩人の文学的こころみとみなしてさしつかえのない出来ばえである。

注

＊1――Vivian de Sola Pinto, *Peter Sterry: Platonist and Puritan* (Cambridge University Press, 1934), p.164.

第3章　牧歌の時代

「キリスト降誕の朝に」

一六二九年の春には、ミルトンはケンブリッジ大学のクライスツ・カレッジを卒業する。その後、かれは一六三二年七月には同じカレッジで修士課程を終え、その年から三年ほどは、ロンドン市外（当時）のハマスミスにあった父の家で過ごしている。つづいて一六三五年から三八年にかけては、さらに西のホートン——現在のヒースロー空港付近——で月日を送っている。ここも父の仮寓であった。その年の初夏には、イタリアへ向けて大旅行《グランド・ツアー》にでかけている。

この一六三二年から三八年までは、都塵《とじん》をさけての、田園生活の六年であった。この時期は、作品でいえば「快活の人《ラレグロ》」——「沈思の人《イルペンセロソ》」（双方とも一六三二年ころ）、「アルカディアの人びと」（一六三二年ころ）、「ソネット・第七番」（一六三二年）、「コウマス」（一六三四年）、「リシダス」（一六三七年）その他を生む、実り豊かな六年であった。この時期をミルトンの牧歌の時代とよぶことができよう。

ここでは、この牧歌の時代にミルトンが「一六二八年の夏」のあの決断を、いかに継承し、いかに展開させるのかという問題に、われわれの関心を集中させることにする。

一六二九年一二月一三日にチャールズ＝ディオダティは、チェスターの在からミルトンへ韻文書簡を送る。どんちゃん騒ぎをして日を送っている、と書いている。ミルトンの「第六エレジー」はこれにたいする返信として、クリスマス休暇に書かれたものだ。ユーモラスなうたい方ではじまる。いわばオウィディウスふうの陽気な調子は、しかし、全体のなかばを越したところの「だが」（五九行）にいたって、一変してしまう。詩人が（とミルトンは書く）高邁《こうまい》な事柄、英雄たちの事績、神々の協議などについてうたおうとするならば、「彼の青年期は罪とがのないもの、／行為は非難の余地のないもの、手は汚れなきものでなければならぬ」（六三―六四行）。

ひとつの書簡のなかに、こうしてあい反するふたつの雰囲気が混在し、「より厳粛な」エートスが、いわばバッカス的な放縦《ほうしょう》の思いをうち消すということは、ミルトンじしんの心のなかに倫理的葛藤《かっとう》のあることを物語っている。そしてこの書簡をしめくくる一節において、「キリストの降誕を祝うささげもの」を制作したと伝えているのである。それが「キリスト降誕の朝に」を指していることは、論をまたない。

「キリスト降誕の朝に」は、「序詩」と「賛歌」からなる。「序詩」において、人間のかたちをとった神の子、いわば受肉のキリストを指して「あの栄光の形相《けいそう》、あのたえがたき光」（八行）と表現する。「形相」とは、がんらいギリシア語（とくにプラトン）の「イデア」、もしくは「エイドス」の翻訳であることは、ルネサンス期の知識人には周知のことであった。マルシリオ＝フィチーノ以後のプラトニストたちは、この語をもってキリスト教の神、もしくはキリストを表現してきた。

「賛歌」はピンダロスふうの頌歌《オード》である。この作には構造的に、光のイメージが顕著の、三つの頂点がある。第七スタンザ、第一五スタンザ、第二七スタンザが、それである。それにしたがって、「賛歌」は第一部（第一―七スタンザ）、第二部（第八―一五スタンザ）、第三部（第一六―二七スタンザ）の三部分からなるとみていい。

21歳のミルトン

その三重構造にかんしてであるが、「第六エレジー」の結びをみると、「キリストの降誕を祝うささげもの」の内容を、ミルトンじしんで解説している一節に出あう（七九―八六行）。

1. 平和の主なるキリストの降誕と、聖書に約束された幸いの時代のこと。
2. 星に輝く大空と天の軍勢のこと。
3. 異神《あだしがみ》の追放のこと。

こう観察してくれれば、詩人が「賛歌」に三重の構造をあたえたことも、容易に理解のできることであろう。

「賛歌」の第一部の主役は〈自然《ナツーラ》〉である。そして〈平和〉の到来によって〈自然〉が変容することをうたっている。〈自然〉は神のみ子を恐れ、かの女のいつものはでな衣装を着けず、放縦の風《ふう》を断つ。最後に、太陽は、「より偉大な太陽」――キリスト――の到来を認める。

第二部には〈人間〉が登場する。かれらはキリスト降誕の報に接して驚く羊飼いたちである(ルカ福音書二の八―一二)。かれらは「天体の音楽」をきく。これはこの人びとにとっては、天使のことばである。そのうえ、かれらは「球とも環とも思える光」を目撃する。こうして、人間の世界をこえるものの力に打たれて、羊飼いたちは罪なき世の到来を期待するこころを懐《いだ》くようになる。

「賛歌」の第三部は〈神々〉――より厳密には、異神《あだしがみ》――の遁走《とんそう》の図である。ここは限りなく暗い世界である。しかしその暗黒も「ベツレヘムの光輝にくらむ」(二二三行)。終末の時には、闇は光に呑まれる。異神遁走の図は、神の子の支配の力をあらわしている。

これまで地獄に逃れる暗黒の異神たちの姿にそそがれていた読者の目は、最終スタンザにおいて、光そのものにいます神の子の受肉を凝視する。

だが見よ、祝福されたおとめが

幼な子を横たえたもうを。
……………………
王宮の馬屋のまわりには、天使たち、
甲冑《かっちゅう》をきらめかせ、命令を待ちわびる。
（二三七―二三八、二四三―二四四行）

「序詩」にうたわれた「あの栄光の形相」を間近に迎えた図である。「賛歌」の三部分は、それぞれに〈自然〉〈人間〉〈神々〉の世界の、神の子の到来による変貌の図を示している。この三世界は、ルネサンス期において考えうる全世界であった。つまり「賛歌」は、全世界における神の力の確立をうたった雄大なオードであり、神の子の顕現《エピファニー》をたたえる頌詩なのである。

「快活の人」と「沈思の人」　〈快活の人〉は「こんもりとした森に抱かれている」塔や胸壁を見る（七八行）。やがてかれはその塔に近づく。一一七行以下では、かれは「塔のそびえる都市」の「喧噪」のなかを逍遙《しょうよう》する。〈快活の人〉は田園から都市へと足を踏みいれる。〈沈思の人〉は〈憂うつ〉に訴えていう――「恍惚の魂」、「聖《きよ》い情熱」にとらえられて、「大理石に化したまえ」（三七―四二行）と。これはプラトン的なエクスタシス――肉体からの霊魂の脱出――の願望である。

〈快活の人〉は水平《ホリゾンタル》の歩みをする。それにたいして、〈沈思の人〉は垂直《ヴアーテイカル》の意識をもつ。「どこか孤高の塔」（八六行）の一室にこもって、沈思黙考の生活をしたいとねがう。

わが夜のともしびを
どこか孤高の塔にともして、
三重に偉大なヘルメスをひもときつつ
大熊座とともに夜を明かし、
プラトンの霊を呼びもどして、
肉体の館《やかた》を脱した不滅の霊魂は
いま、どの世界に、どの領域にいるのかを
説き明かさせようではないか。

（八五—九二行）

「孤高の塔」とは、疑いもなく、プラトニックな秘儀のおこなわれる場として設定されている。真理をみるために、いわば「倫理的な階段」を登りつめようというプラトニックなねがいは、同時代のジョン＝ダンにもみられるものである。「物見の塔に昇り、／万物が誤謬《ごびゅう》を解かれるのを見よ」（『第二周年追悼詩』一六一二年）。当時流行の思考の様式であった。

〈沈思の人〉の上昇のねがいは、天の高みへ昇って、神との合一を図りたいという、ネオ・プラトニックなねがいであることがわかる。その心情をあらわす行が、「沈思の人」の最後を飾る、ゴシック的荘重の二〇行である。その一部を引用すれば、

だがわたしは、真理の追求にいそしむ
僧院の聖域を歩みつづけよう。
わたしは好きだ——高い丸屋根、
どっしりとした支えの古い柱、
聖画あざやかなステンドグラスの窓、
そこから差しこむ信心ぶかい暗い光。
ここで、オルガンの音響は、
合唱隊の豊かな音量に和し、
敬虔《けいけん》な礼拝、美しい聖歌の
うるわしさが耳にひびかい、
わたしをエクスタシスの境地にとけこませ、
眼前に天国のすべてを彷彿《ほうふつ》させる。

（一五五—一六六行）

〈沈思の人〉の目を追っていけば、それが上に向き、最後にはエクスタシスの境地にとけこむことをねがう目であることは明らかである。この一節は、イングランド国教会（アングリカニズム）にたいする詩人の忠誠心をあらわすものととるべきではなく、至高の存在とのエクスタティックな合一へのねがいをあらわしているとみるべきである。このことは同時期の作「荘厳な音楽に」（一六三三年ころ）、「時間に」（一六三三年ころ）などにかんしてもいいうることである。〈沈思の人〉の上昇のねがいは、ルネサンス期のクリスチャン・プラトニストたちが追求してやまなかった目的――この世を生きつつも神との合一をねがうという倫理的欲求――の詩化であったといえよう。

「コウマス」

仮面劇「コウマス」が上演されたのは一六三四年のミカエル祭（九月二九日）、場所はシュロプシャーのラドロウ城であった。ブリッジウォーター伯エジャートンが、ウェールズ総督に着任した、その祝いのために、依頼をうけてミルトンが書いたものである。

これより三年ほどまえの話である。この劇を演じた伯爵家の三人の姉弟たちの義理のおじにあたるカースルヘイヴン伯が淫乱きわまるスキャンダルのかどで、処刑された。一六三一年五月のことである。ブリッジウォーター伯爵家がこの事件を苦慮したことは、想像にかたくない。とくに幼い三人の子女たちの将来を思えば、心安からざるものがあったろう。仮面劇の制作を依頼された作曲家ヘンリ＝ローズとミルトンとは、伯爵家の苦衷を察して、劇のテーマを選定したにちがいない。〈淑女《レイディ》〉の貞節を守るために守護天使から力を借りた〈兄〉と〈弟〉とが、魔神コウマスの館《やかた》におどりこみ、コウマスの魔杯をたたき割る。守護天使は神の恩寵《おんちょう》の象徴たるセヴァーン川の精サブライナをよびだして、〈淑女〉を魔法の座からぶじ救出させる、という筋書きは、親族の醜聞を苦慮するラドロウ城の新主人にとってこのうえない祝辞となったはずのものである。

〈淑女〉が魔神の誘惑にかかったことに気づいたその弟二人、〈兄〉と〈弟〉とは、救出の方策を検討する。〈弟〉は、姉が淫乱の魔神のきばにかかっている、と悲観的な見方をして、ただちに実力をもって彼女を助けだそうと提案する。彼はすべてを人間的レベルでしか考えられない実際家である。それにたいして〈兄〉のほうは理性を信じ、楽観的・哲学的であり、次のような答え方をする――

〈徳〉はみずからの光輝によって
なすべき事柄を見きわめることができる
……………
曇りなき胸に光をもつものは
地中にいても、白日をたのしむものだ。

（三七二―三七三、三八〇―三八一行）

ラドロウ城

一七世紀の知識人にとっては、〈兄〉のこのことばは紋切型のセリフであった。〈兄〉が信ずるのは姉じしんに「秘められた力」（四一四行）である。

〈兄〉にとっては、姉の「貞潔」"chastity"は、あらゆる不純をきよめる自足・固有の力なのであって、これさえあれば、彼女の感覚は理性の支配に服せしめらるべきものである。しかし、これは〈淑女〉じしんの考え方とは別なのである。彼女は危険におちいれば守護天使の庇護を仰ぎ、「恵み豊かな摂理」の助力を求める以外にない（三二八行）。魔法の椅子に釘づけにされたとき、彼女は「私を憐れみたまえ！」と祈らざるをえないのである（六九四行）。

〈淑女〉のことばに、「信仰」、「希望」、「貞潔」"chastity"を信頼する、という一節がある（二一三―二一五行）。ふつう基本的三徳にはいるのは、「愛」"charity"であって、「貞潔」ではない。しかし、〈淑女〉のもうひとつのことばとして「太陽《サン》を着る貞潔の力」を軽蔑することはゆるされない、という一行がある（七八二行）。ルネサンス期の文人たちにとっては、フォイボス（太陽神）

ということばを用いて、キリスト教の神の「子《サン》」をあらわすことは日常のことであったから、右の〈淑女〉のことばは、「神の子に守られた貞潔の力」という意味をもつと考えていい。とすれば、〈淑女〉の貞潔観は神の力の庇護を前提とする美徳観であることがわかるのである。これは、人間そのもののうちに「秘められた力」の存在を信じきれない、かの女の基本的態度と軌を一にした考え方であるといえるであろう。

誘惑者コウマスの手からの解放を待つこの〈淑女〉としては、〈弟〉の現実主義に期待することはできない。しかしまた、自己義認の哲学をもつ〈兄〉にも頼れない。〈兄〉の理性第一主義は、かの女の人生観とは違う。〈淑女〉がもつのは、摂理にたいする信頼である。それは信仰と言い換えてもいい。じじつ、かの女は、ほかならぬ守護天使からへモニー草を授けられた兄弟の手によって救出され、「天のキューピッド」――つまり天的愛――の世界を約束されるのである。感覚の世界を凌駕するのが理性の世界であるとすれば、理性の世界をさらに凌駕し、それを保証するのは信仰の世界であることを、この仮面劇の作者は知っていたのである。「コウマス」の倫理観は重層的な展開――感覚から理性へ、理性から信仰へ――を示しているといえよう。

「リシダス」

クライスツ・カレッジにダブリンの出身のエドワード＝キングという秀才がいた。ミルトンより三学年下であった。卒業後のミルトンがハマスミスにこもって、気ま

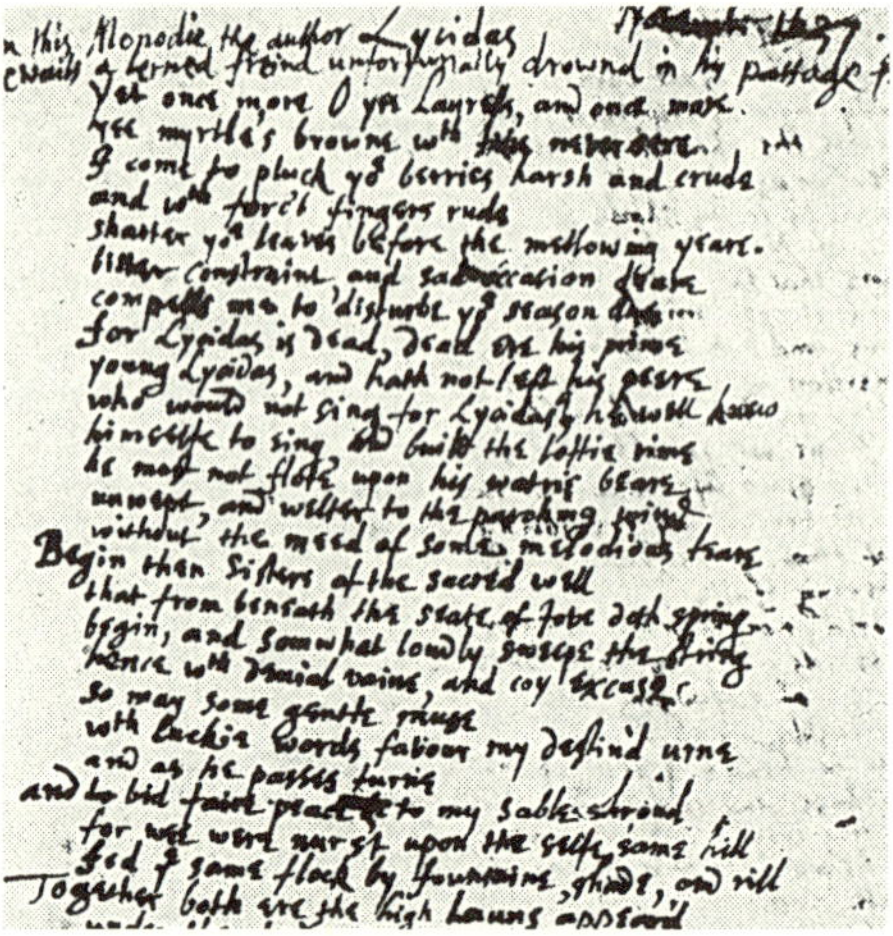

「リシダス」の自筆原稿
（ケンブリッジ大学トリニティ・カレッジ蔵）

まな勉強にいそしんでいたころ、この後輩は母校クライスツの教授陣の末席を汚す地位をしめていた。一六三七年の夏、キングは帰郷のため、チェスターを出港した。ディー川がアイルランド海峡にさしかかって程なく、船は岩礁に突きあたり、やがて沈没した。八月一〇日のことであった。キングは惜しい生涯を二五歳で閉じた。

その翌年、知友はこの夭折の秀才に追悼文集を献じた。ミルトンの「リシダス」は、その文集に収められた作品である。原稿がのこっていて、それには「一六三七年一一月」と記してある。

「リシダス」の構造を考えるばあい、考慮にいれなければならないのは、アーサー＝バーカーの説である。*1 かれによるとこの作は導入部と結論部を除けば、それぞれ詩神への呼びかけ《インヴォケイション》ではじまる三部分からなる（一五―八四行、八五―一三一行、一三二―一八五行）。この三部分はそれぞれが「詩的高まり」で終わり、その三回にわたる「累積的効果」が主役リシダスの神格化の美を生みだす、というのである。

ところで各部分の牧歌ふうの呼びかけと「詩的高まり」とのあいだに、イングランドの、しかも〈水〉に関連をもつ地名をともなう中間部が挿入されている。牧歌は、大まかな議論として、「現実からの分離」の意識をもつ。それが牧歌のひとつの特徴である。とすれば、ここにイングランドの地名を挿入することによって、作者が時間・空間の限界をともなった現実の世界を導入することには、たんなる牧歌のわくを越えた特別の意図が介在するに相違ない。〈水〉は主役リシダスの生命を奪った元凶として、冷酷な現実を象徴する。そしてこうした緩衝的挿入部があればこそ、各部の最終部、つまり「詩的高まり」の部分において、およそ牧歌ふうからは遠い、別種の声の導入が可能となるのであろう。

第一部では牧歌ふうの導入部のあとで、詩の神オルペウスがトラキアの女たちの怒りにあい、八つ裂きにされ、ヘブロス川に投げこまれ、やがてその溺死体がレスボス島にうちあげられるという伝説にふれる。これは〈水〉が、詩人志望のリシダスの生命をもてあそぶことを寓意化しているのである。フォイボスがあらわれ、超人間的な声をもって、詩人としての名声を最後に授けるのは、「裁き主ユーピテル」――神――なのだ、とさとす。現実を超越する世界の存在を暗示しているのである。

第二部では牧歌ふうの呼びかけのあと、海神トリトンと、イングランドのカム川の守護神カムスがあらわれて、リシダスの死因について〈水〉に詰問する。つづいてペテロが登場し、預言者的な語勢で、聖職者階級の堕落を糾弾する。ペテロはガリラヤ湖上を（不完全ながら）歩いたという話の持ち主である（マタイ福音書一四の二二―三三）。つまり「リシダス」の文脈にそくしていえば、〈水〉に象徴される時間支配の現実に、不完全ながらもうち勝ったという伝説の持ち主である。ペテロは、〈水〉が象徴する現実の世界を詰問する。このばあいの現実の世界は、宗教界であるが、その世界がどうしてリシダスを容《い》れなかったのか、とペテロが詰問しているのである（エドワード＝キングは聖職につくはずであった）。ペテロは、リシダスを容れるにたる完《まった》き教会は、神の裁き――「あの両手《もろて》の大剣」（一三〇行）――のあとに到来する、という考えなのである。

第三部はリシダスが黙示録的な救いの世界に迎えいれられる部分である。コーンワル西南端の聖ミカエル山によびかけて、その付近の海底を訪れているやも知れぬリシダスのために、嘆きたまえ、とうたわれる。

天使よ、いまこそ目を故郷に向けて、悲しみにとけてくれ、
そして、ああ、いるかたちよ、幸《さち》うすき若者を運んでくれ。
（一六三―一六四行）

この第三部では、現実を象徴するイングランドの地名が言及されても、船乗りの守護者とされたミカエル山であり、その直後には、溺死体を浜へ運び上げてくれるいるか――キリストの象徴――が

登場する。

「リシダス」は詩と宗教の世界から放逐された魂が、神の国に迎えいれられる、その彷徨《ほうこう》の図である。エドワード＝キングは詩人＝祭司をこころざして、夭折。初志を貫徹できずに果てた。この挽歌《ばんか》は、その亡き友にたいする真摯《しんし》の頌詩なのである。われわれは、ミルトンの甥エドワード＝フィリップスとともに、この詩を「最高の気品の挽歌」とよぶことができる。

牧歌のなかの叙事詩性

ルネサンス叙事詩の特性にかんしては、本書の第8章でやや詳しくのべることになる。ここでは牧歌的雰囲気を楽しみ、おもに田園詩ふうの詩作にふけった時代のミルトンが、じつはかなりな叙事詩的手法をこの期の作品に投入していた事実を指摘するにとどめる。

「キリスト降誕の朝に」の「賛歌」は読者をルネサンス人の全世界——自然、人間、神々の三世界——に案内する。三世界をへめぐりつつ、最後に神の子の誕生の場面にいたりつく。それを、頌歌《オード》としては、むしろ崇高な文体をもって叙述する。このように要約してみれば、とくにその構成の雄大さ、旅——つまり聖子生誕の場への探求の旅——などのモチーフの存在を重視すれば、この作品は相当に英雄詩的な要素をそなえていることがわかる。

「賛歌」の第三部の、異神遁走《あだしがみ》の図は、それが異教の神託の停止をうたうかぎりにおいて、キリスト降誕詩の定石にのっとったものということができる。しかしそれと同時に、ここでは異教の神託の停止を、異神の遁走として描き、全体やく九〇行のなかに、異神のやく二〇名を並べたことは、オードとしては異例のことである。これは明らかに叙事詩の目録《カタログ》の手法なのである。一七世紀の読者は、きびしい文体によって描きだされる異神のカタログのなかに、かれらを放逐するキリストの力の偉大を感ずるとともに、叙事詩のカタログが意図するところの、劇的に雄大な背景、耳なれぬ異名がかきたてるエグゾティシズムなどを、感じとったにちがいない。

「快活の人」——「沈思の人」においても、読者は、ミルトンの主役たちとともに田園、都市、聖域という、空間的にはミルトンの時代として考えうる全領域を遍歴することになる。ここに「探求の形式」が認められ、全知識の「要約」*compendium* の詩となっている。しかも主役は終局において神との合一の場を求める「範例」*exemplum* 的人物である。文体上も、第一作の軽妙なタッチが、第二作の荘重さへと変容してゆく。田園詩から叙事詩へ、というウェルギリウス以来の文学的伝統の型が、この一対の作の文体のなかにも認められるのではないか。

感覚・理性・信仰の三世界は、中世とルネサンス期をとおして、神の世界へ達するための形而上学的三段階とされていた。その最適の例はダンテの『神曲』である。そこにみられる三世界、「地獄」・「煉獄《れんごく》」・「天国」が、それぞれ感覚・理性・信仰の三世界に正しく対応していることは、言をまたない。「コウマス」はそのスケールにおいて『神曲』に遠く及ばない。形式も仮面劇である。

ただ〈淑女〉という「範例」*exemplum* 的人物が登場し、超越的実在者の助力をえて、試練の果てに、ついにキューピッド（愛）の世界に迎えいれられるという構成は、感覚・理性・信仰の三世界――それゆえにこの作品は全知識の「要約」*compendium* となっている――を背景とした「探求の形式」であるだけに、一七世紀の文芸観に立つばあい、叙事詩性を含みもつ構図になっていたといえるのではないかと思われる。

「リシダス」のなかに、牧歌からキリスト教的な叙事詩への傾斜を認めてきた。リシダスが叙事詩的な高まりを三たび体験しながら、最後に黙示録的な世界に迎えいれられるとされるのは、叙事詩ふうの表現によってリシダスを最大級にたたえうることを、詩人がよく意識していたことをあらわしているといえよう。〈水〉の完全支配の世界に発して、〈水〉の支配を不完全ながら脱する世界を通り、最後に〈水〉の支配を全く受けない世界へと、リシダスはこの三世界を遍歴し、じょじょに上昇する。「海浜の守護神」エドワード＝キングは、かくして「コウマス」における守護天使の地位を占めることになる。それはウェルギリウスにおけるメルクリウス、ダンテにおけるウェルギリウスとベアトリーチェ、スペンサーにおける巡礼《パーマー》の地位である。「リシダス」は叙事詩がもつ「探求の形式」を、ひとつ作品でありながら三回までも繰り返す構成を示している。

牧歌の時代のミルトンは、叙事詩そのものを書いてはいない。しかしかれは、ルネサンス期の基準でいえば、「叙事詩的」とよびうるいくつかの特性を、かれの牧歌的作品のなかに盛りこんでいることは、まぎれもない事実である。一六二八年ころのミルトンが、叙事詩人たらんとする決意を固めたという見方からすれば、それにつづくやく一〇年、それはおもに牧歌の時代ではあったが、その時期に、叙事詩性にとむ作品をつくったとしても、なんの不思議もなかった、ということになりはすまいか。このことは、ここでとくに取り上げなかった小作品——いずれもラテン語作品たちなるがゆえに、この種の入門書では取り上げなかった——「父へ」"Ad Patrem"（一六三二—三四年ころ）、「マンソウ」"Mansus"（一六三九年一月?）、「ダモンの墓碑銘」"Epitaphium Damonis"（一六三九年末か）などには、明白にあらわれる傾向なのである。

注

＊1——Arthur E. Barker, "The Pattern of Milton's *Nativity Ode*", *University of Toronto Quarterly*, X 1941), 170-172.

第４章　イタリア旅行――ひとつの幕間

文芸のメッカへ

バッキンガムシャーのホートンの父の家で、牧歌的雰囲気を楽しみつつ、古典の勉強や詩作にふけっていたミルトンは、幸せであった。ケンブリッジ卒業後、こうした数年をすごしているうちに、修業の時期は熟しつつあった。一六三七年四月初めに、母を失う。このことも、ミルトンには、ひとつの時期を画する出来事として自覚された可能性がある。父の理解があって、その翌年、一六三八年の五月には、従僕ひとりを伴って、イタリアをめざす旅に出た。学問の基礎を身につけた青年が、その修業の仕上げのために、文芸の中心地へと巡行する大旅行《グランド・ツアー》である。

出発の準備期に、ヘンリ＝ローズ――「コウマス」の作曲を担当した――が、ミルトンたちの旅券の手配をしてくれた。イートンの学寮長サー＝ヘンリ＝ウォトンは大陸各国でミルトンが訪ねる先々で会うべき人びとを推薦し、実際にそれを可能にしてくれた。旅行にかんする支度がこうして

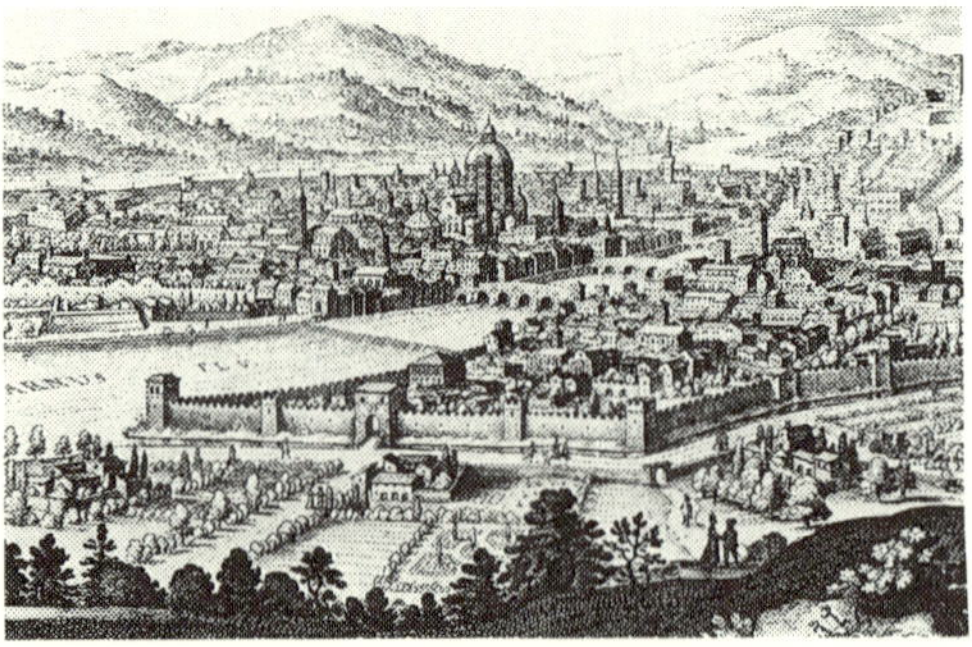

フィレンツェ(当時)

万事スムーズに運んでいくその背後に、父の配慮があった。

ロンドンを出て、まずパリに立ち寄り、そこで訪ねたのはスカダモア卿であった。卿の世話で、ミルトンは著名な国際法学者ヒューゴ＝グロティウス――当時の、パリ駐在スウェーデン大使――に面談している（スカダモアはウィリアム・ロードの配下であったが、ミルトンの行く先々の地でのイギリス商人たちにコネをつくってくれた）。フランスのニースからイタリアのジェノバまでは船旅であった。あとは陸路をピサを通って、フィレンツェにはいった。六、七月のことである。

フィレンツェはミルトンに深い印象をきざむことになる。いくつかの学院や文芸サロンに出入りをゆるされ、芸術各分野の実力者たちとの交友をふかめた。ミルトンの自作のラテン詩が、現地の知識人たちの称賛をえている。幽閉中のガリレオ＝ガリレイを訪ねたのも、おそらくこの折りのことである。真理のための犠牲者「トスカナの科学者」に会えたことは、終生の思い出となった（『楽園の喪失』第一巻二八七―二九一行、第五巻二六二行、その他）。

スヴォリアッティ学院には、「イングランド人ジョン＝ミルトンがすぐれたラテン自作詩を朗唱した」という記録がのこっている。

ローマにはいったのは、一〇月末のことである。ここでも人びとの厚遇にあった。フランチェスコ＝バルベリーニ枢機卿にまで会っている。一〇月二〇日（か三〇日）にはイングランド・イエズス会学校を訪問した。かれが従僕ひとりを伴っていたことは、この学校側の記録でわかる。著名な歌手レオノーラ＝バロニの独唱をきいたのも、ローマである。その感銘はよほどのものであったらしく、翌年の初めには、「ローマにて歌えるレオノーラへ」と題するラテン詩を、三篇も書いている。

ナポリに着くのは、おそらく一二月のことだ。さっそく貴族ジョヴァンニ＝マンソウを訪ねている。マンソウはタッソーをふくむ数多くのイタリア詩人たちの後援者であった。ミルトンはこの人物にいたく感心し、なんどか会っているようだ。そして「マンソウ」なるラテン詩を、おそらく翌年の一月に献じている。

心の通じあえる人物を発見し、ミルトンは故国の宗教事情まで、忌憚《きたん》なく話したらしい。かれがのちに一六四六年に『詩集——一六四五年版』を出したときに、ラテン詩部分の冒頭にマンソウの二行を印刷している。「そなたの信仰がそなたの知力、姿、優雅、顔立ち、仕草に合っていたならば、／まことそなたはイングランド人（Anglus）ではなく、天使（Angelus）である」。ミルトンがロンドンを出るまえに、サー＝ヘンリ＝ウォトンは、大陸では宗教問題にはふれなさんな、と忠告している。しかし青年はその忠告をときおり忘れることがあったらしい。

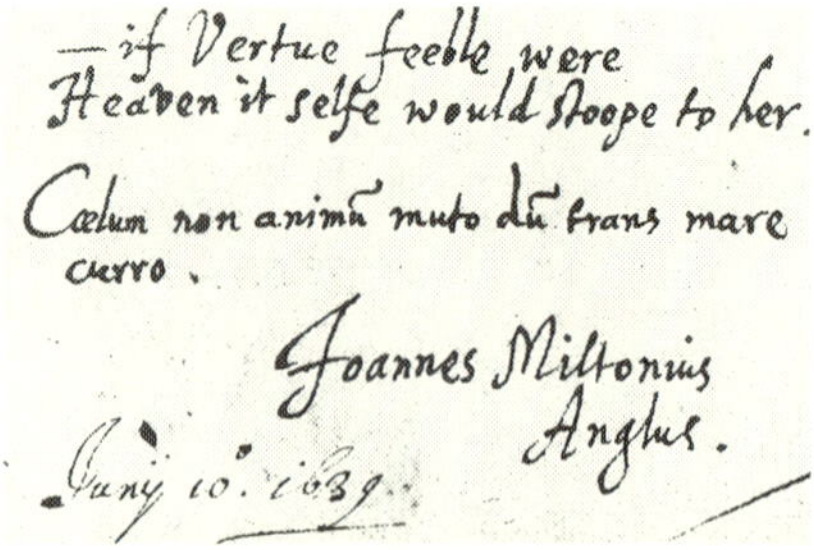
—if Vertue feeble were
Heaven it selfe would stoope to her.
Cœlum non animu muto du trans mare curro.
Joannes Miltonius Anglus.
Junÿ 10. 1639.

1639年７月10日にジュネーヴの知人宅にのこした自署（「イングランド人ジョン＝ミルトン」とある）

ナポリからギリシアへ渡る計画もあったが、ナポリから先へは行かなかった。故国での政情不安の報が、旅の方向転換を決定させた一因だ、という言い方をミルトンは、のちの『イングランド国民のための第二弁護論』（一六五四年）でおこなっている。国王チャールズ一世が国教会の祈禱《きとう》書と儀式をスコットランドにまで押し付けようとして、軍備をととのえたという事件（第一次主教戦争）のニュースが、ナポリのミルトンの耳にまで達していた。国情がそのようなときに、ひとり外遊を楽しむことは「卑猥なこと」と感じたのだ、とも書いている。しかしその後、急遽《きゅうきょ》帰国の途についた気配はなく、ローマに二か月、フィレンツェにも二か月、ヴェネチアに一か月をすごし、ミラノを通りジュネーヴに着いたのは六月であった。ジュネーヴでは毎日ジャン＝ディオダティを訪問した、と回想している。このディオダティは、前年八月に、ミルトンがフィレンツェに着いたころ、ロンドンで逝去したかれの親友チャールズ＝ディオダティの実の伯父であり、この地での神学の教授であった。この人物を相手にすれば、ミルトンは話題に事欠くことはなかった。かれの帰途の旅は、むしろ悠々たるものであった。ロンドンにもどったのは、一六三九年七月末のことであった。

「遍歴の英雄」

大旅行がミルトンにあたえた影響は大きかった。第一にあげられるのは、かれがイングランド人として、文化的に自信をえたという事実である。たしかにイングランドでは、当時の一流の学問を身につけ、ラテン語、イタリア語にも通じていた。しかし母国にあっては、これという評価はあたえられていなかった。それがイタリアでは、高位の人びとまでふくめて、数多くの著名な人物たちと交わり、むしろ称賛をかちえたのである。これがこの北国の若者の誇りにつながらないはずはない。イタリア旅行はミルトンに、イングランド人としての自覚と自信を植えつけたといえる。のちの『第二弁護論』においてさえ、ミルトンは無理解なイタリア非難にたいして不快感を示し、「イタリアは犯罪者の溜まり場などではない。イタリアは人文学者、芸術家の集まるところだ」と書いている。このイタリア尊敬の言のなかに、古典的・人文主義的教養にたいしてミルトンじしんがいだく敬意の念と自負とが認められなくてはならない。

イタリア旅行の成果として、次に考えられるのは、文芸、とくに叙事詩への傾斜が、この時期に決定的なものになったということであろう。われわれがミルトンの大旅行の経過を知ることができるのは、おもにかの『第二弁護論』の記述によるものであるが、その記述は独特の意図にもとづいている。それは一言でいえば、叙事詩的発想による自己弁護ということである。「わたくしはオデユッセウスのようになりたい。祖国のために功《いさお》あるものとなりたい」。大陸で当代の名のある人物たちに会ったという記述や、帰途のローマはカトリック側から仕掛けられた迫害の可能性があったにもかかわらず、その古都を再訪したという記載や、祖国の政情不安の報に接して早期帰国を決意したと記す愛国的叙述などは、いずれも叙事詩の主人公の姿をみずからに奉っているおもむきがある。

しかし、この叙事詩的な歩みというものは、全くの虚構でもなかったらしく、イタリアでミルトンが会った人びとのなかで、たとえばカルロ＝ダティやアントニオ＝フランチーノは、このイングランドからの旅人を「現代のオデュッセウス」とか、「遍歴の英雄」などと言い表わしているのである。旅行中のミルトンに、なにかヒロイックな気概ともいうべき風があったのであろう。

大旅行以前の、いわば散文時代のミルトンが、田園詩に遊びながらも、つねに田園詩のわくを越えようとする作品を書いてきたことは、すでに前章でのべたとおりである。「リシダス」は、その典型で、改革派ピューリタンの厳粛な口吻《こうふん》を、ここに読むことができる。

大旅行はかれのその叙事詩的気風を鮮明にした。文芸の中心地で文芸の士に出あい、「遍歴の英雄」と目されたという自負が、かれに決定的な意味をあたえたのではないかと思われる。かれが書きのこした「ケンブリッジ草稿」によれば、おそらく一六四一年かその翌年の記入のなかに、アダムの堕落にかんする四種類の筋書きが記してある。もっとも詳しい「アダムの楽園追放」“Adam unparadiz'd" にいたっては、のちの『楽園の喪失《パラダイス・ロスト》』の主題にきわめて近い筋書きとなっている。

脱アーサー王物語

ミルトンはやがて書くべき叙事詩の主題として、アーサー王伝説を脳裏に描いた時期があった。ホメロスやウェルギリウスいらいの叙事詩人たち、たとえばルネサンス期のダンテ、アリオスト、タッソー、カモンイスにしても、いずれもそれぞれの祖国の歴史物語を作品の主題として選び、民族を代表する人物を主人公に選んだ。とくにミルトンが「アクイナス以上の師」と仰いだスペンサーが、アーサー王伝説にもとづいて『妖精の女王』を書きのこしているのであってみれば、ミルトンが自分の書く叙事詩の主題として、いったんはアーサー王伝説を考えたとしても、それはむしろ当然のことであろう。

しかし一六四二年までには、アーサー王伝説はすてた。その原因のひとつは、ステュアート王朝が御家《おいえ》の安泰を意図して、みずからをアーサー王の末裔《まつえい》であると強弁したという事実がある。それが一般の改革派の思想家・歴史家の反発を買った。これでは、ミルトンといえども、この伝説を用いて叙事詩を制作するわけにはいかない。

かれがアーサー王と別れたもうひとつの、むしろ積極的な原因として、かれが狭義の愛国心をすてて、全人類の救済を意図する高次のテーマを聖書のなかに見いだしたということがあげられよう。結局、アダム物語が浮上したのである。

ところで、ミルトンは『楽園の喪失』のなかで、

この英雄詩の主題がはじめてわたくしを捕えてより、
長《なが》の年月を閲《けみ》したが、わが着手するは遅かった。

（第九巻二五―二六行）

と告白している。詩人が英雄詩の主題に捕えられたのは、一六二八年の夏であろうというのが、本著者の見方である。しかし、「リシダス」以降、とくにイタリア旅行の時期のかれには、叙事詩人たらんとする自覚は備えられていた。それも大旅行の直後には、アダムを主題とする叙事詩のプランが練られていた。『楽園の喪失』の口述開始を一六五八年とすれば、このアダム物語の出現時からのみ計算しても、そこには二〇年ちかい歳月が介在することになる。

その歳月の問題は、さておくとしても、ミルトンが田園詩の制作からはじめて、やがて叙事詩の口述にいたったことを、かれが無駄と考えなかったことは、たしかであったろう。というのは、かれの尊敬する叙事詩人たちは、ウェルギリウスにしてもスペンサーにしても、田園詩人として出発して、叙事詩人として終わるという経歴をもつ。ウェルギリウスのばあい、『田園詩』一〇篇をつくったのが紀元前四〇年前後であり、『アエネイス』の初めの部分を出すのが、紀元前三〇年である。スペンサーのばあいも『羊飼いの暦うた』の出版は一五七九年、『妖精の女王』前半の上版は

一五九〇年である。田園詩から出発して、叙事詩にいたるのに、いずれも一〇年はへている。しかも、ウェルギリウスにしても、スペンサーにしても、それぞれの叙事詩の完成はみていない。ミルトンのばあい、田園詩に発して、叙事詩に終わる道筋は同じでありながら、いったん叙事詩人たることを決心してから、その後この口述を開始するまでの時間は、たしかに長かった（かれが共和政府の役人として時をすごしたことや、さらに視力障害をきたしたことを勘案しなくてはならない）。しかし、かれのばあいは、いったん口述を開始してからは七年ほどで、作品を完成させている。考えようでは、叙事詩の口述を開始するにいたるまでの二十余年間にたくわえた内容と技法があったればこそ、数年にしてそれを文芸の域で完成させることができたのだ、ということができる。いや、かれのばあい、（これにつづく章で説くように）散文時代の二〇年間がなかったならば、『楽園の喪失』はなかった。「わが着手するは遅かった」かもしれないが、着手してから先の仕事は（すくなくとも、口述の作業は）順風に乗っていたといえよう。

イタリア旅行期をふくめて、アダムを主人公とする叙事詩の制作の意図をかためるにいたる四、五年は、その後のあらしのごとき弁論期のことを思えば、ミルトンにとっては朝なぎのごときひとときであった。いわば「ひとつの幕間」と称してもいい、かれにとってもっとも幸福な数年であった。

第5章　論客として

革命前夜

ミルトンが大陸旅行からもどるのは、一六三九年夏のことである。かれも三〇歳になっていた。ロンドンで私塾をひらき、生計をたてた。

この年はアイルランド総督であったストラッフォード伯がロンドンに召還されて、チャールズ一世の政治顧問に任ぜられた年でもある。このストラッフォード伯と、もうひとり一六三三年にカンタベリ大主教となっていたウィリアム＝ロードとは、国王の「二頭の馬」となって鳳輦《ほうれん》を引く役目をになった。宮廷側としては、こうして議会を中心とする反宮廷派の動きを牽制《けんせい》し、反国王陣営への中央突破をはかる隊形をととのえた。

そして問題の一六四〇年を迎えることになる。その四月には国王は一一年ぶりに議会を召集した。その意図は、イングランド国教会の祈禱書をスコットランドに強要するための出兵費用を捻出するにあった。長老派主導型のロンドン新議会がこれを聞きいれるはずはなく、議会はすぐ解散する。

短期議会とよばれるゆえんである。にもかかわらず、五月にはチャールズは北辺に出兵した。この種の軍事行動が成功するはずはない。じじつ国王は、間もなく撤兵せざるをえなかった。国王側はここで政策の変更を、真剣に考えるべきであった。がんらいがエディンバラの出であるステュアート家にしてみると、自分らの父祖の地であるスコットランドはロンドン王家の要請をうけいれるはずであると甘くふんでいた面があったのであろう。

チャールズは性懲《しょうこ》りもなく、その夏から秋にかけて第二回目のスコットランド征伐を実行する。しかし、これは無益な戦いであった。国王は、しかし高飛車に、一一月に議会を再召集し、戦費の調達をはかろうとした。議会側には、国王の言を聞く耳はなかった。一二月には逆に「根絶請願《ルート・アンド・ブランチ》」を提出する。イングランド国教会の主教制の廃止を求めた議案である。翌年五月にはストラッフォード伯は処刑され、また大主教ロードは投獄される。これはまさに革命であった。この時点は、国王として政策変更を熟慮する最後の機会であった。しかし国王と宮廷側は、ひたすら軍隊の整備にかかった。

チャールズ一世
(ヴァン＝ダイク画)

議会運営が思うにまかせない事態に追いこまれた国王側は、それでも軍隊統率権と教会統治権だけは手ばなしたくなかった。これは絶対主義王政としては、当然のことであった。「根絶請願」が提出される事態に直面して、国教会側は黙ってはいられなかった。その代表者はジョゼフ＝ホール主教であった。かれの『神権に立つ主教制』（一六四〇年）に代表される、「主教制こそ国家の支柱なり」という主張は、国教会側一般の願いを代弁していた。

この主教制擁護論にいちはやく反応し、反駁《はんばく》論を出したのは、かつてミルトンの家庭教師をつとめたトマス＝ヤングたち五人――その五人の頭文字を結び合わせてスメクティムニューアスと署名した五人[*1]――であった。いずれも長老派系の有能な教職者たちであって、この五人の反論に、さらにホール主教が反論をもって応えるという仕儀になった。

ミルトン登場

そこに登場したのがミルトンであった。そもそもかれは父親ジョンから長老派流の家庭教育をうけ、さらにスコットランド直系の長老派のトマス＝ヤングから直接に長老主義的教養を植えつけられた。そのヤングを、すでにのべたように「わが魂の半分以上の存在」とさえよんで尊んだほどである（「第四エレジー」、一六二七年）。主教制にたいする批判は、すでに「リシダス」にもうかがわれたところであった。この種の批判をいだいていたかれは、聖職につくという希望は、すでに断っていた。そのミルトンのことである。主教制批判論は、いつかは出さずにはおけないところであったろう。そこへもってきて、ジョゼフ＝ホール対トマス＝ヤングらの争論が開始され、世の耳目をさらった。ここでミルトンは旧師ヤング擁護の一翼をになって、立ち上がったのである。『イングランド宗教改革論』は、一六四一年五月に匿名で出た。

スコットランド長老派はカルヴィンに学んだジョン＝ノックスが、エディンバラを中心にして長老会による統一的教会統治を実行したのが、その端緒となっている。革命期のイングランド長老派は、その影響下にあった。

ここで長老会による教会統治の仕組みをみておこう。この派は教職者と長老たちが治める教会を小会とさだめる。これが最小単位である。いくつかの小会が中会を構成する。それをクラシスとよんだ。クラシスでは、選ばれた教職者と長老たちが教師候補者の決定・任職や各教会の監督の任にあたった。中会はさらに大会を構成し、最高決定機関としては総会をもった。このようにして、長老派はクラシスを中軸においた積上げ方式の教会統治法をとる。王権と結びついた主教中心の監督統治には反対であった。ただ長老派も全体としては、国教会内の改革派であり、当初は国王そのものの地位に反旗をひるがえすということはなかった。

トマス＝ヤングらスメクティムニューアスの議論も、またミルトンの『イングランド宗教改革

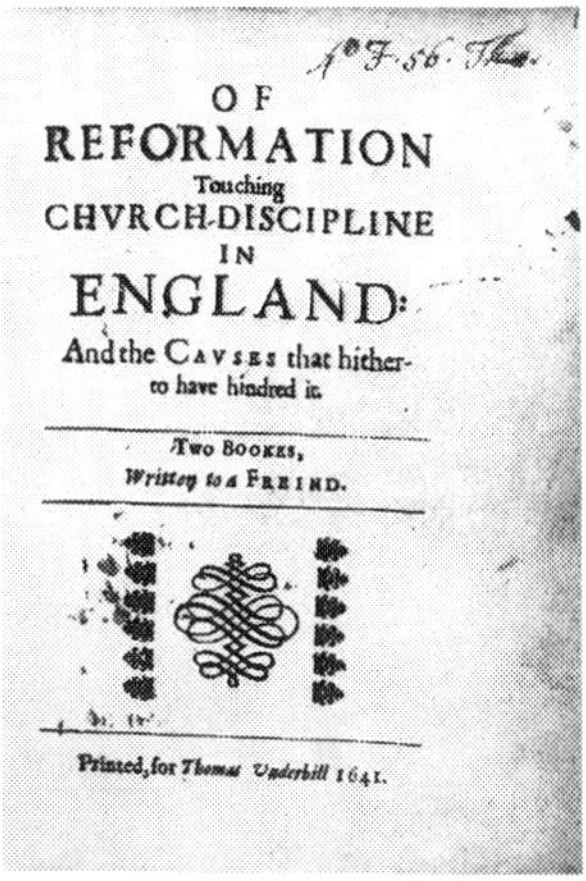
OF REFORMATION Touching CHVRCH-DISCIPLINE IN ENGLAND: And the CAVSES that hitherto have hindred it.

TWO BOOKES, Writtey to a FREIND.

Printed, for Thomas Underhill 1641.

『イングランド宗教改革論』（1641年）

論』をはじめとする数篇の宗教論も、基本的にはこのような長老主義的教会統治を擁護したものであった。たとえばミルトンが『主教による監督制度について』(一六四一年)で「主教も長老も同一」と主張するとき、かれは聖書に出る「長老」が、まさに主教の立場を占めていることを具申しているのである。『教会統治の理由』(一六四二年)のなかで、「たしかに規律《ディシプリン》は無秩序を除去するばかりか、それは美徳そのものの見えるかたちにほかならない」と書いたのは、会衆の精神的訓練につとめたクラシス運動を代弁しているのである。こうしてミルトンは一六四二年までは純粋な長老派の擁護論者であった。

結婚

一六四二年の初夏のこと、ミルトンは父ジョンの用事でオックスフォード近郊のフォレスト・ヒルへ出むいた。行く先は王党派のポウエル家であった。所用をすませてロンドンへもどってきたミルトンは、驚いたことに、ポウエル家の娘メアリをめとっていた。一七歳も年下の婦人であった。電撃的ともいえるこの結婚は、当時さまざまの憶測をよんだようだが、ミルトンとして、やや事を急いだうらみがあったことは、たしかである。メアリはロンドンのミルトン家での暮らしになじめなかったらしい。またミルトンのほうも、メアリの母親との関係がうまくいかなかったらしい。結婚後二か月ほどして、メアリはミカエル祭——九月二九日——のころにはもどりますから、といいのこして、オックスフォード近郊の実家へ里帰りした。そしてそのまま、ミルトン家へもどってはこなかった。

離婚論

これはミルトンの味わった、おそらく初めての深刻な挫折であった。これが契機となって、かれは結婚とは何かという問題を考えることになる。妻の同居拒否の申し立てをすれば離婚は法的に認められたはずだが、かれはその措置はとらなかった。再婚をあっせんする友人もいたらしいが、結局はその話も受けなかった。だからミルトンが一六四三年夏に出す『離婚の教理と規律』をはじめとする一連の離婚論は、かれが妻との離婚の意図を正当化しようとしたものだという非難はあたらない。メアリは一六四五年にはロンドンへ帰ってきて、その後三人の娘、息子一人の母親となるのである。

ミルトンの主張したことは、おおよそ次のごとくである。神との契約関係に立った者同士の横の――男女間の――関係であり、それはとうぜん聖なる「愛と平和」のかたちとなってあらわれるものと考えた。だからもし当事者の一方の「不品行」が原因でその「愛と平和」の関係にヒビがはいるようなことがあれば、かれ――あるいは、かの女――は、神との契約関係を自ら破るのであるから、結婚そのものも破棄されることになる、というのである。こう主張してかれは、離婚をめぐる「教理と規律」を明確にした(「教理」、「規律」という用語そのものが、当時の長老派の説教家、論客が好んで用いた用語であった。ミルトンは長老派の立場でこの離婚論を書いたつもりであった)。

ミルトンの一連の離婚論は大きな反響をまきおこした。そもそもこの書はその標題が示すように、国教会の教会法——姦淫以外の理由での離婚は認めず、さらに再婚は論外であるとする——に反対をとなえたものであって、長老派を相手にした議論ではなかった。しかし、この書への反論のなかで、もっともきびしかったのは、長老派の側からの反駁であった。この「離婚論者」の議論ほど、長老派のいう「規律」に反するものはない、と映ったのであろう。

ミルトンは翌年二月には再版を刊行して、それを議会およびウェストミンスター宗教会議に向けて提出した。それにまず鋭く反発したのが、ほかならぬ旧師トマス＝ヤングであった。ヤングは独立派五人[*2]による『弁明の物語』を批判したと同じ説教のなかで、離婚・再婚まかりならぬ、という強硬な見解を提出した。ヤングたちは、この匿名の離婚論者は独立派の論客であるにちがいないと確信していたらしい（ミルトンの離婚論は初版は匿名、再版は頭文字のみを印刷した）。同じ年の夏、八月一三日には、長老派の有力者ハーバート・パーマーは、議会とウェストミンスター会議を前にした説教において、この離婚論を「異端と分派の行動」ときめつけて、その焚書《ふんしょ》処分を要求した。

反長老主義

この一連の動きはミルトンに、自分の基盤である（と、かれじしんが思っていたところの）長老主義そのものへの深刻な懐疑をいだかせる結果となった。神との契約関係に立った人格に、結婚という問題についての判断、もしくは選択権があたえられないで、その判断は中会（クラシス）、さらには大会、総会に任せるような長老派の教会統治は、国教会の主教制組織と、どれほどの差があるのであろうか、という疑問がミルトンには生じた。

かれが『離婚の教理と規律』初版を出した一六四三年は、スコットランド議会とイングランド議会の双方において「厳粛なる同盟と契約」が批准され、スコットランドはイングランドにおいても長老主義の教会統治が樹立されることを条件に――ということは、主教制廃止を条件に――議会側へ援軍を送る約束をした年である。こうしてイングランド議会にチャールズ一世との戦闘の基盤をたしかなものとすることができた。

ところが、そのあたりから、政治的にいちおうは長老派にぞくし、チャールズの専制に反旗をひるがえしていた人びとのなかから、長老派ばなれの現象がおこる。その相当部分が、当時議会内で力をえてきていた独立派（会衆派）に転ずる。これはクロムウェルがぞくしていた派である。この派は個別教会の会衆の自治権を尊重し、教職者の任命権も独立した個別の教会にぞくするものとし、会衆派教会同士の協力を重視した一派である。長老派とは異なって、国教会からの分離を否まない立場をとった。この派は革命勃発の初期は少数派であったが、革命の進行につれて軍隊と議会内の中核を占めるにいたり、革命遂行の中心勢力にのしあがった。

さきにミルトンが『離婚の教理と規律』の再版を「議会およびウェストミンスター宗教会議に向

けて」提出したときに、トマス＝ヤングらスコットランド系の長老派指導者たちが、この著者は独立派にぞくする論客であろうと推しはかったことにふれたが、それは無理からぬ憶測であったといえる。匿名の「離婚論者」も、『弁明の物語』を出した五人の牧師に代表される独立派の人びとも、世俗のこと、宗教のことにかんして人間個人の自律的判断を尊重する立場にあることでは共通した意識をもっていたのであった。長老派——それも、国王の地位の安泰をねがったイングランドの長老派——にとっては、この「離婚論者」と独立派の双方は、やがて共通の敵となるべき立場にいたことになる。

宗教改革論

一六四四年七月にはマーストン・ムアの戦いで、クロムウェル軍は王党軍を撃破する。議会内での独立派の勢いは増大の一途をたどる。しかしミルトンは、このころ急に地すべり的に独立派に傾いた多くの人びとのひとりであったわけではない。その前年に初版を出したかれの離婚論のなかに、すでに反長老派的色彩が認められることは、すでにのべたとおりである。この点で、もうひとつ吟味しておかなければならないミルトンの論文がある。それは、これもすでにふれた『イングランド宗教改革論』である。一六四一年五月の発表で、かれの宗教論文としては第一作である。トマス＝ヤングを擁護する意図で書いた、長老派教会統治論であった。

当然のことながら、ミルトンはこのなかで、第一に主教制廃止を主張する。第二に着目しなければならない点は、コンスタンティヌス帝批判が出ることである。このローマ皇帝はキリスト教の全面寛容令——いわゆる「ミラノ勅令」、三一三年——を布告した人物として、キリスト教世界では評判の高い皇帝である。これがミルトンにかかると、コンスタンティヌスは多額の寄進によって僧侶を堕落せしめ、かつ教会と国家を混同することで、キリスト教堕落の道を用意した張本人である、ときめつけられる。ミルトンは国家と教会の分離案を打ち出しているのである。ミルトンの直接の意図としては、これは国教会批判のロジックであったのだが、このロジックはかれの意識外のこととしては長老派の教会統治法への批判としても作用するはずのものであって、いわば両刃の剣の役目をはたす議論であった。ミルトンがこの教会分離論の刃を長老派にたいして意図的に突きつけるまでに、そう時間はかからなかった。

マーストン・ムアのクロムウェル(1644年7月2日)

この宗教改革論には第三の点として、この段階では不明瞭ながら、「理性」尊重の態度がうかがえる。「神がわれわれのなかに植えてくださった知性の光」[*3]とよばれているのは、のちに「神の姿」、「神の声」などともよばれる内なる「理性」の原型である。ミルトンの母体である長老派は、ものごとの選択権を個人にゆるす結果となる「内なる光」の存在を肯定しなかった（だからこの「内なる光」を提唱するジョージ＝フォックスらのクエーカー派にたいしても、長老派はきびしい態度をとった）。

ケンブリッジ・プラトン学派　この関連で考えておいていいことは、一七世紀のケンブリッジ大学では、ベンジャミン＝ウィチカットの指導下のエマヌエル・カレッジが「ピューリタンの神学校」とさえよばれる精神的雰囲気をやどしていたという事実である。このピューリタニズムは学問的にはフィレンツェ・プラトニズムの影響を、つよく受けていて、内に「理性」――「神の声」――をさずかるものの自律性を尊び、人間の自由意志、信仰の寛容を説いた。「理性に従うことは神に従うことである」というウィチカットのことばは、このケンブリッジ・グループの最大公約数的宣言であった。これにはミルトンも賛意を表したにちがいない。しかし、このことばは厳格な長老派カルヴィニズムとは反りが合わなかったはずである。[*4]

そのグループに入れられているピーター＝ステリは、ミルトンより四歳下の、エマヌエル・カレッジの出身者であるが、やがてクロムウェルの国務会議づき説教者に選任される。だからミルトンとステリは、（ミルトンは一言もいわないのだが）ひと時、顔を合わせる仲であったにちがいない。

ミルトンは『楽園の喪失』第三巻で、自由意志論にふれている。神はすべてを予知するが、その予知は「預定」とは異なる。人間は神の預定のなかにありながらも、おのが意志でおのが歩みを選びとることがゆるされている――というのが、神の口をとおしてミルトンが説くところである。これは当時の神学思想の流れからみると、オランダの神学者アルミニウスの傾向に、やや傾くところのある思想であったといいうるであろう。[*5] しかしこの傾向が顕著となるのは、ずっと先のミルトンにおいてである。

　しかし、長老派擁護の論客として登場した一六四一年においてさえ、ミルトンはこのような反長老主義に通ずる知的傾向をいだいていた。それは一言にしていえば、かれの人文主義的教養の生んだ知的傾向であったといってよいであろう。一六四三年以後の離婚論のなかに、この知的傾向がにじみ出て、それが長老派の牧師たちからの猛反発を買ったとき、ミルトンじしんがすぐさまその知的傾向を自覚し、それを推し進めたのも、もっともなことと思われる。一六四四年にかれが著わしたふたつの書物は、その表現であった。ひとつはその年六月に出版した『教育論』であり、他は一一月刊の『アレオパジティカ（言論の自由論）』である。この二著はミルトンがみずからに内在していた、反長老主義的な知的傾向を離婚論争のただなかで意識し、それを引き出し、論理化した作品といえよう。

『教育論』

『教育論』はひと口でいえば、キリスト教的人文主義の教育を、将来の指導者層にぞくすると思われる青年たちにほどこすばあいの基準をのべたものである。『学問の目的は、神を正しく知りうる状態を回復することにより、始祖の堕落を修復することであり、……できるだけ神に近い存在となることであります」と、冒頭の一節で宣言している。そのためには青年たちに「理性の行動」を教授することをすすめる。そもそもはアリストテレスの『ニコマコス倫理学』にみられる「節制」の倫理を、キリスト教ふうに理解しなおし、神との契約関係、つまり信頼関係に立つ個人は「神の声」――「正しき理性」――にききつつ、中庸の道を歩むことができるようにすることが大切だ、と説く（「節制」は、もと「中庸」の概念から出た）。

『教育論』のなかでミルトンが明瞭に打ち出すもうひとつの概念は「雅量《マグナニミティ》」である（語原的に「大きな心」、「大度」、「寛大」を意味する）。これも、もとはアリストテレスである。ただアリストテレスのいう雅量は人間そのものの偉大性の概念であって、政治指導者に求められる資質である。それにたいしてミルトンのいう雅量は、具体的に旧新約聖書に出る、アブラハム、サムエル、ヨブ、キリスト、パウロなど神への信従をとおした諸人物にたいして、神の側からあたえられた尊厳をさしていうことばである。アリストテレスのいう「雅量」が人間中心的概念であるとすれば、ミルトンのそれはいわば神中心的概念であるということができるであろう。教育の目的は「平時・戦時の分かちなく、私的にも公的にも、その課せられたつとめを正しく、たくみにまた雅量をもって果たしうる人物をつくりあげる」ことにある。将来の指導者層と目される青年たちをこの線にそって教育し、その結果かれらが節制の判断力を身につけ、現実の世界を生きることができるとすれば、それはまさにヒロイックな生き方というべきである。

『アレオパジティカ』

さきにものべたように、国教会の主教制の時代ならいざ知らず、長老派主導型の議会の時代になってさえ、言論を統制しようとする動きが出てきたことに、ミルトンはがまんがならなかった。そこで書いたのが『アレオパジティカ』であった。「正しき理性」の声にききつつ、この世の荒野を「自分じしんの選択者」として生きようとする態度こそ尊ばれるべきものである。「理性とは選択にほかならない」、「世を避けて僧院にこもった美徳などというものを、わたくしはたたえることはできない」といいつつ、ミルトンは教会法や長老派の「規律」に守られた「あやつり人形のアダム」たることを拒否する。「アダムは堕《お》ちて、悪により善を知るにいたった」と語られる、その「善」とは「真の節制」のことであり、その節制の道を歩む者こそ「真実の戦うキリスト信徒」だというのである。『教育論』にみられるヒロイックな倫理観と、ほぼ同趣旨の議論が、ここではより鮮烈に提出されていることになる。

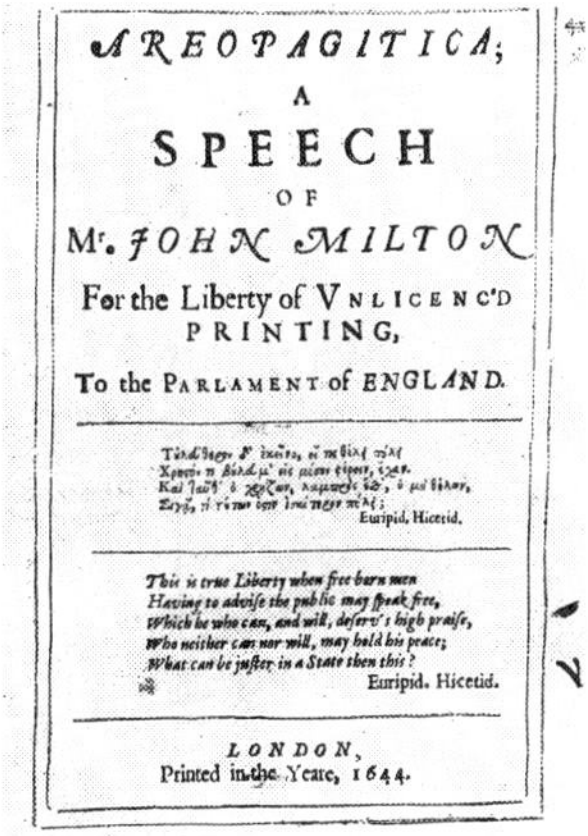

AREOPAGITICA;
A
SPEECH
OF
Mr. JOHN MILTON
For the Liberty of UNLICENC'D PRINTING,
To the PARLAMENT of ENGLAND.

Euripid. Hicetid.

This is true Liberty when free born men
Having to advise the public may speak free,
Which he who can, and will, deserv's high praise,
Who neither can nor will, may hold his peace;
What can be juster in a State then this?
Euripid. Hicetid.

LONDON,
Printed in the Yeare, 1644.

『アレオパジティカ』(1644年)

パトニー討論

クロムウェルのニュー・モデル軍がネイズビイの戦いで王党軍を撃破したのは、一六四五年のことである。これで議会軍は全戦線で絶対の優位を占めることになる（この夏に、メアリはミルトン家へもどる）。議会軍が勢いづくと同時に、各地の最前線で武器をとって闘った軍人、とくに中間指導者的位地に立つ軍人たちの発言力がましてくる。それを示す出来事が、一六四七年秋に、ロンドン西郊のパトニーでおこった。軍幹部と急進派兵卒とのあいだでおこなわれた討論である。このいわゆるパトニー討論で、急進派からは人民協約案が提出され、成人普通選挙法までが討議の対象になった。民主的な、当時として急進的な政治思想が、軍の中・下層部から出てきた。この主張が宗教的には、おもに軍隊内のレヴェラーズ・グループ（民主勢力）からの提案であったことも、革命の進行情況を俯瞰《ふかん》するばあいに、重要である。

国王処刑

その翌年の一六四八年の末には、議会内の主流を占めていた長老派議員を、クロムウェルの意を体したプライド大佐が追放する事件がおこった。長老派議員はネイズビイの決戦いらい危機意識をふかめ、国王との妥協の線を模索していたのであるから、クロムウェルを軸とする独立派議員の反感を買っていたのである。このいわゆる「プライド大佐の粛清」のあと、議会は一〇〇名ほどの独立派議員によって運営されることとなる。これが「残部議員」によって構成される議会である。この議会はこのすぐあと、一六四九年一月末にはホワイトホールに断頭台をしつらえて、国王チャールズ一世を処刑することになる。

国王処刑ということは未曾有《みぞう》の事件であった。王権神授を信じた国王である。死にあたっても、じつに堂々としていた。その態度が同情をひいたことは事実である。国王の専制に反対の者のなかでも、国王を処刑することには賛成できない人びとがいた。議会軍最高指揮官であり、国務会議の構成員であったフェアファックス卿もそのひとりであった。卿はマーストン・ムア会戦やネイズビイ会戦の指揮官であった。卿が一六四八年夏に王党軍の牙城のひとつコルチェスター城を陥落させた折りには、ミルトンはそれを慶賀してソネット（第一五番）をつくった。それほどのフェアファックス卿であったが、国王処刑には、さすがに大きな衝撃をうけた。これが、ひとつの契機となって、一六五〇年にヨークシャーに隠棲することになる。かれが国王個人にたいして寛容であったのは、かれが長老派系であったことと無関係ではなく、それがかれに独立派の対国王感情とは別のものを懐かせたのであろう。フェアファックス卿のあとを襲って最高司令官の任につくのが、クロムウェルである。

ほぼ独立派

ミルトンが一六四四年以後、長老派と手を切ったことは、すでにのべたとおりであるが、一六四六年ころに、「長期議会にはびこる、新しい良心弾圧者たちに」と題するソネットをのこしている。このなかでかれははっきりと例の五人の独立派牧師による『弁明の物語』（一六四四年）の立場を擁護し、当時のスコットランド人長老派の論客たち——アダム＝スチュアート、トマス＝エドワーズ、サミュエル＝ラザフォード、ロバート＝ベイリイ——を名ざして、風刺的な批判を加えた。そして「新しい長老は、古い祭司の大書されたものにすぎぬ」と結んだ。長老主義は国教会の主教制の焼きなおしにすぎないではないか、というのである。ミルトンはほぼ独立派の陣営に立っていた。

政治論

このミルトンのことである。国王処刑の事件によって動揺した痕跡はない。王党派の側から出されたいく多の国王擁護論にたいして、反論を執筆する。第一は『国王と為政者の在任権』というもので、処刑の翌月二月に出版されている。この書をかれは長老派批判ではじめている。ある段階までは国王の専制に反対で、その退位を迫ったほどの長老派が、けっきょくは国王側にまわって、国内世論を紛糾させたといって、その責任を追及する。そして国王にかんしては、「法と公共の福祉を考えない国王は、おのれとおのれの党派のことしか思わない」暴君にすぎない。だから、「自然の法」、あるいは「生まれながらの権制」をもつ国民はこのような国王を糾弾して当然である、とのべている。

これを書いたあと、ミルトンはすぐに共和政府によって外国語担当秘書官に任ぜられる。国王処刑の直後、『国王の書』がばら撒かれていた。それはチャールズ一世が死を待つあいだにしたためた祈禱文（黙想）であるということになっていて、（じつの執筆者は国王づき聖職者ジョン＝ゴーデンであることが、のちに判るのだが）これが処刑直後に出版され、逝去した国王への一般の同情をよぶに役立った。これは共和政府にとっては、見のがすことのできない出来事である。そこで共和政府はミルトンに国王処刑合法論の執筆を託し、その結果書かれたのが『偶像破壊者』であった。

このなかでかれは国王の祈禱文なるものはサー＝フィリップ＝シドニーその他の作家から盗《と》って、それを繫《つな》ぎあわせた紛《まが》い物なることを証明して、痛快に笑いとばす。この種の仕事はミルトンの得意とするところであった。『国王の書』の種本の類を時間をとって楽しみに調べあげ、反論をととのえたものであろう。一〇月に出版したというのは、かれにしては悠長な構えであった。ミルトンの筆は故国王の個人攻撃にまでおよび、痛烈をきわめる。

政治論文としてみて大事なことは、ここでミルトンが「理性」を国法の上に位置づけ、「理性こそ最高の仲裁者であり」、それは「巻物や記録以上のもの」であるとした点である。こうした主張の原点をさぐれば、そもそもはかれの第一論文『イングランド宗教改革論』にまでもどらなくてはならない。すでにのべたように、そこには不明瞭ながら「理性」尊重の態度がうかがわれた。長老派弁護の立場からの宗教論においてさえ、長老派が嫌うはずの「理性」尊重論が顔を出しているのである。これが一六四三年以後の一連の離婚論において、とくに離婚論争のさなかに出る『教育論』と『アレオパジティカ』において、個人の理性――「神の声」――のなかにものごとの選択・判断の基点を認めるという態度となってあらわれた。さらに一六四九年にはじまるミルトンの政治論においても、この見解は強化・整理され、国民の理性が「最高の仲裁者」であるという主張を生みだすことになる。法理論的にいえば、これは実定法から自然法へ、という発展傾向が、ここにはみられる。国民の福祉のためならば、国民の益となる国王の処刑は、その執行も止むをえないという内容の論文をミルトンに書かせる理論的基盤は、ここにあった。このことはこの後かれが共和政府の意を体して書くことになる『イングランド国民のための第一弁護論』(一六五一年二月)や『イングランド国民のための第二弁護論』(一六五四年五月)の基幹思想となるものである。

散文時代の特色

これまで、ミルトンが散文をもって論陣を張った十数年の足跡を概観してきた。ここでは、この期のミルトンの足跡なるもののまとめをおこなっておきたい。第一はなんといっても、「正しき理性」を重視する態度である。これが基軸となってかれは国教会の監督主義を拒否し、さらにはかれじしんの出身母体であった長老主義を批判することになる。宗教論ばかりでなく、家庭論においても、かれの理性尊重の主張が、自律的個を擁護する立場を生み、教派的にはかれをクロムウェルの独立派に近づけた。

第二に、離婚論争期に、とくに『教育論』と『アレオパジティカ』において顕在化した「雅量《マグナニミティ》」重視の考え方である。「雅量」の徳を身につけ、「節制」を生きる生き方が、アダムのばあいに「悪のなかから善」を選択する意志を養うことになる。これが「真の戦えるキリスト信徒」のヒロイックな生き方なのだという。かくして「慣習」に「囲われた楽園」から「自然」の荒野へと脱出することをヒロイックとみる主張が、かれの家庭論に出てくることになる。

第三に、ミルトンがこの時期に培った文芸の意識にふれなければならない。これはこれまでふれることの少なかった面である。かれは青少年期をとおしてピューリタン的厳粛とルネサンスふう人文主義の明澄との融合した教養を身につけて成長した。そしてやがては叙事詩を制作することのできる日のくることを願っていた。

晩年につながるもの

ここで、晩年の『楽園の喪失』につらなる文芸的底流の存在に注目しておこうと思う。長老派擁護論としてかれが『教会統治の理由』を書いたことは、すでにふれたとおりである。一六四二年刊のこの書物の第二巻の前書きのなかで、ミルトンはこんな宗教論に費す時間があったら、ほんとうは叙事詩に手をつけたい、と告白する。この島の国人にむかって、とくに「わが国のジェントリーの子弟」のために、教育的意義のある作品を「母国語をもって」書き、「キリスト教的英雄の型」を提示したいと、熱っぽく語る。ここには、やがて叙事詩人として大成するはずの一青年の意欲が顔をのぞかせている。

論争に明け暮れた十数年はむだではなかった。この間にミルトンは、神との契約関係に立ちつつ

「正しき理性」に拠り、おのが「選択者」として節制の歩み方をするヒロイックな人間像に思いいたったからである。かれはこの人間像を、現実に生きようと努める。その結果、主教主義や長老主義が囲った「庭」――「楽園」――は、これを脱出すべきものであるとまで考えるようになる。しかも、ここにかれは叙事詩的英雄の生き方を発見したのである。

この主張を詩人としてうたい出すには、その手段としての文体が必要であるが、十数年にわたる論争時代に、すでにのべたとおり（一五―一六ページ）、かれはいわゆるミルトンふうの文体――弁論口調の文体――を完成した。こうしてかれがさきの人間像と思想を、この文体を駆使して刻み上げる時は、刻一刻と近づきつつあったということができる。ミルトンにとって散文を書きちらした十数年は、徒労であったという見解もあるが、これは間違いである。『楽園の喪失』のアダム一人を描くにも、論客としてのこの時期の介在は不可欠であった。

ピエモンテ・ソネット

論客として歳月を送るあいだに、ミルトンがやがて『楽園の喪失』にもつながっていく主題と文体の双方を身につけていったことは、ここに書いたとおりである。そのいい実例をひとつ掲げておきたい。

イタリア北西部、フランスと境を接するあたりのピエモンテ山岳地帯に、ワルドー派とよばれる一派があり、ローマを本山とするカトリック教会とはその気風を異にしていた。この派はリヨン市の商人ピエール＝ワルドーを祖と仰ぎ、貧困・棄私をモットーとするグループで、一一七〇年代の出発いらい、しばしばカトリック側からの迫害をうけてきた。一六世紀の宗教改革期にはプロテスタント陣営に加わった。

一六五五年にはいるや、この地方の統治者サヴォイ公は兵を繰り出して、ワルドー派一掃作戦を開始した。四月二四日には一七〇〇人以上を殺戮《さつりく》する。この事件は、とくにプロテスタント諸国を震撼《しんかん》せしめた。イングランド共和政府の護民官クロムウェルは、外国語担当秘書官ミルトンに筆をとらせて、各国との連携をつよめた。とくにサヴォイ公へは特使を急派し、対ワルドー派政策の方向転換を要求した。国内では軍隊を待機させ、場合によっては一戦をも辞さない態勢をととのえた。

ミルトンはこのころ、ひとつのソネットをつくっている。

ピエモンテでおこった最近の大虐殺について

み裁きを、おお主よ、惨殺された聖徒たちのために。かれらの骨は
凍てつくアルプスの山々に散乱している。
われらの先祖たちが木と石を拝んだ昔から、
み教えの清らかな真理《まこと》を守った人びとを
お見捨てなきように。血に飢えたピエモンテ軍は

赤子を抱いた母親を岩山から突き落とし、
よい羊として囲いに安んずるものを殺した。
その人々の呻《うめ》きが、いのちの書にとどめられますように。
渓谷はかれらの嘆き声を山々へ、山々はさらに天へと
響かせた。その殉教の血と灰をまけ、
三重の冠をいただく暴君がいまなお支配する
イタリアの野に。その血と灰から
百倍のものがふえ、主の道に従いつつ、
バビロンのわざわいを、すみやかに避けられるように。

おそらくその年の五月の作である。

信仰のゆえに命を落とした人びとへの熱い同情が詩人の義憤をかきたてて、全英詩中でもっとも力づよく熾烈《しれつ》、と思われる作品を成立させている。原文では各行が「オウ」と「エイ」の音を反復させ、死にゆく信徒たちの慟哭《どうこく》と、詩人の哀悼の声をつたえている。

このソネットはこの事件にかんしてミルトンがクロムウェル名で発信したいくつかの外交文書に、語調・内容・表現において、よく似ている。またこの事件をとりあげた、当時のいく種類かの回覧

紙の記事が、同様の意味で、このソネットにちかい。

この作品ひとつの成立状況をとりあげてみても、盲目のミルトンは外交文書という散文、あまりにも散文的な散文を口述しつつ、ほぼ同時に、ほぼ同種類のことばを用いて、すぐれてプロテスタント的内容の、そしてむしろ叙事的雰囲気の十四行詩の口述に成功している。詩が演説ふう散文のただなかから生まれている。論客としてのミルトンから、叙事的な「詩」が編み出されているのである。

注

＊1——Smectymnuus は Stephen Marshall, Edmund Calamy, Thomas Young Matthew Newcomen, William Spurstow の五人の頭文字をつなげたもの。

＊2——Thomas Goodwin, Philip Nye, Sidrach Simpson, Jeremiah Burroughes, William Bridge.

＊3——原田・新井・田中共訳『イングランド宗教改革論』（未来社、一九七六年）、五二ページ。

＊4——新井明・鎌井敏和共編『信仰と理性——ケンブリッジ・プラトン学派研究序説』御茶の水書房、一九八八年。

＊5——W. B. Hunter, "Milton's Arianism Reconsidered", *Bright Essence: Studies in Milton's*

Theology, eds. W. B. Hunter, C. A. Patrides, J. H. Adamson (Univ. of Utah Press, 1971), pp. 44-51.

第6章　ソネットと口述

「左手を」

はやくから叙事詩人たらんとこころざしたはずのミルトンであるが、大陸旅行を終えて一六三九年に帰朝してからは、詩作品はほとんど書いていない。不思議なことである（その年末か、おそらく翌年のはじめに、「ダモンの墓碑銘」なるラテン語の詩――友人チャールズ＝ディオダティへの哀悼詩――をのこしているだけである）。ただ、一六四五年にさいごの離婚論を二篇――『四絃琴《テトラコードン》』と『懲罰鞭《コラステイーリオン》』――を出したあたりで、論争の時代にはいる以前の詩作品をまとめて出版する気をおこした。一六四六年一月に『詩集』が上梓《じょうし》される（一六四六年一月は当時の数え方では一六四五年であるから、この詩集は一六四五年版『詩集』とよばれる）。

ミルトンが散文を使って――かれ流にいえば、「左手を使って」――宗教、家庭、政治をめぐって論陣をはった時代に、かれがまとまった詩作品をのこさなかったということは、大作を口述するにいたる晩年のミルトンに、いかなるかかわりをもつのであろうか。前章においてわれわれは、この散文時代が思想と文体の両面において、かれを育てた事情をみてはきた。しかし実際の創作上の仕事として、この時期のかれは散文作品以外に、何をこころみていたのであろうか。さして多くもない韻文作品のなかで、いちおう一貫しているのはソネット形式の作品をのこしているという点である。

『詩集』　一六四五年版『詩集』は一六三〇年――ミルトン二一歳――の作、「おお、ナイチンゲール」を嚆矢《こうし》とする一〇篇のソネットを収めている。うち五篇――第二番から第六番まで――はイタリア語であって、ソネットという形式を生んだそもそもの言語で、ミルトンが創作をこころみたものである。習作の域を出るものではないが、ペトラルカふうの明るさをただよわせた愛の詩である。「ソネット・第七番」は、

青春の盗み手、狡《さか》しき〈時〉は翼を駆って
なんと速《と》く、わが二十三の齢《よわい》をくすねたことか!

で始まる十四行詩である。〈時〉は翼をもつ老人で、手に鎌と砂時計をもつ。人のいのちの玉の緒《お》をはかり、時がくればそれを断ち切る。時が過ぎゆくわりには、自分の才能の芽が出ないという思

いは、秀才にありがちの焦りである。だから古来、文学の伝統としてもこの種のうたい方はあったわけだが、ミルトンのばあいは相当ていど自省の実感であったのであろう。

すべてわがことは……
偉《おお》いなる監督者《おさ》の御目のなかに

と結ぶ。ここでいう「監督者」とは「マタイ福音書」第二五章一四―三〇節の「タラントのたとえ話」に出る「主人」に言及しているのであろう。

この第七番ソネットはミルトンが二三歳になったときの作ということになっているので、おそらく一六三二年の作である。まだ「リシダス」をつくる、ずっと以前の作である。このソネットはイタリア語ソネット群に共通の明るく軽い調子とは別の、重い調子と真剣な語調をそなえている。この作品あたりで、われわれは初めて青年ミルトンその人の声に出あうのであろう。そしてその語調が、あの「リシダス」へ引きつがれていくものなのであろう。

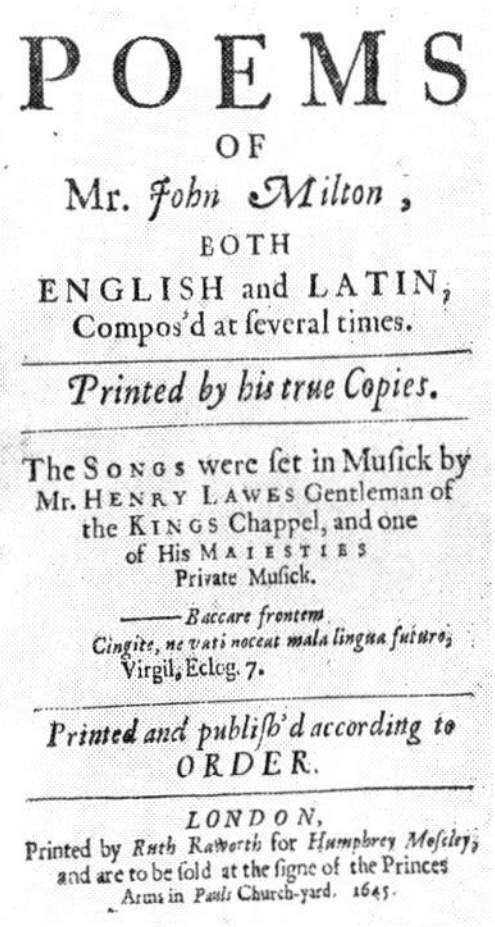
POEMS
OF
Mr. John Milton,
BOTH
ENGLISH and LATIN,
Compos'd at several times.

Printed by his true Copies.

The SONGS were set in Musick by
Mr. HENRY LAWES Gentleman of
the KINGS Chappel, and one
of His MAIESTIES
Private Musick.

——Baccare frontem
Cingite, ne vati noceat mala lingua futuro;
Virgil, Eclog. 7.

Printed and publish'd according to
ORDER.

LONDON,
Printed by Ruth Raworth for Humphrey Mosley;
and are to be sold at the signe of the Princes
Arms in Pauls Church-yard. 1645.

『詩集』(1646年)

「ソネット・第八番」は、原稿では「ロンドン市に攻撃がくわだてられたときに」という題のついている作品である。原稿の余白には一六四二年と記入されている。ただしその年号は、作者の手で消されている。だから執筆年代は確定していない。しかしチャールズ一世麾下《きか》の王党軍が第一次内戦時、一六四二年の一一月にロンドンに迫った、その前後に書かれたととるのが穏当である。

指揮官どの、隊長どの、いや甲冑の騎士どの、
防備なきこの戸口を奪取なさるやもしれぬ方がたよ、

と始まっている。緊迫した情況をあつかった時事の詩であるが、うたい方は弁論《オラトリカル》ふうで、そのうえユーモアをただよわせてさえいる。

一六四五年版『詩集』に収められた一〇篇のソネットは、こうしてみると、題材としては愛の詩、自省の詩、時事の詩ということになる。そこに聞こえる声は、ときに軽く、ときに重たく、ときに諧謔《かいぎゃく》を交える。また、ときに弁論ふうである。

「ソネット・第九番」は、

人生《ひとのよ》の春にいますに、淑女よ、賢くも

広き道、緑の道を捨て去りたまい

と始まる。ことによると、これは挽歌である。ひとりの淑女がキリスト教的色彩の濃いことばでたたえられている。

花婿が、喜びあう友らを具して、至福の境へと
わたらせられる真夜中に、そこへとあなたも
おはいりなされたのだ、賢き純潔のおとめよ。

と結ばれる。全体を読んでくると、この最後の一行が、冒頭の一行へともどっていって、ふたたび読まれはじめても、なんの不自然もないことに気づく。いわば循環的構造をもっているといえる。この構造は一般に、一七世紀の英詩にはよく見かけるものなのだが、ミルトンのいくつかのソネットにも、それがある（たとえば、いまのソネットのほかにも、フェアファックス卿をうたった「第一五番」なども）。ただしミルトンは一六五〇年代にはいると、このうたい方を捨てる。[*1]

たしかに、ミルトンは論争に明け暮れた時期にソネットの腕は上げている。数からすると、この一六四五年版『詩集』以後に、全体として一三作をのこしている。もっとも（前章でふれたところ

の）「長期議会にはびこる、新しい良心弾圧者たちに」と題する全体二〇行のソネットを入れれば、一四作となる（ミルトン自身は、この長い「尾のついたソネット」は、全ソネットの番号のなかには入れなかった）。この一四作のうち、はじめの六作は一六四〇年代のものであり、あとの八作品は一六五〇年代になってからの作品である（ミルトンの第二詩集は一六七三年に上版されたが、ここではソネットとしてその一四作が全部採られているわけではない。それでいて一六四五年版『詩集』のソネットにつづく番号がふってあるので、紛らわしい。本書では第二詩集の番号は採らないことにする）。

五〇年代のソネット

一六五〇年代にはいってからのソネットとしては、第一六番「クロムウェル将軍へ」が最初である。一六五二年五月の作である。クロムウェルは、この作でたたえられているように、ダーウェン会戦（一六四八年）、ダンバー会戦（一六五〇年）、ウスター会戦（一六五一年）に連勝し、革命における議会側の優勢を決定づけた陸の司令官であった。同じ年の七月には「ソネット・第一七番」の「ヘンリ＝ヴェイン卿へ」をつくっている。ヴェインはこの年の五月にオランダ艦隊との海戦で、イングランド海軍を勝利へ導いた主役である。ミルトンは一六五二年には、こうした陸の雄将と海の智将とを対照的にうたう一対の作をこころみたことになる。

こうしてソネットにおける一対の作という新しいこころみに挑んだミルトンであるが、かれはじつは公私にわたって多忙の身であったはずなのだ。三年前から共和政府の外国語担当秘書官の公務についていた。『偶像破壊者』（一六四九年一〇月）、『イングランド国民のための第一弁護論』（一六五一年二月）を書いている。

いっぽう私人としてのかれは、どうであったろうか。まず注意しておかなくてはならないことは、この一六五二年春には、（ことによるとその前年の末か）かれの両眼は失明した。詩人の人生にとって、このことはこれまでの苦難のなかで最大のものであった。失明は肉体的苦痛であるばかりでなく、天罰とまで考えられた時代のことであるから、王党派側からは、ザマを見ろといった嘲笑《ちょうしょう》さえきこえてきた。つまり失明は精神的に苦痛であったのだ。ミルトンは、だから『イングランド国民のための第二弁護論』のなかで、これはほんらい公的な書き物であるにかかわらず、いや公的な出版物であればこそ、自分の失明が神からの審判の結果ではなく、神のために尽力した結果なのだ、というふうに、自己弁護しないわけにはいかなかった。そしてそれが天罰ではない証拠を示すためにも、やがては「永遠の摂理を擁護」するための叙事詩『楽園の喪失《パラダイス・ロスト》』を口述しなければならなかった。

この一六五二年の五月二日は三女デボラが生まれているのだが、その産褥《さんじょく》で、たぶん三日あとの五月五日にはメアリ＝ポウエル＝ミルトンが世を去る。さまざまな経験をわけあった妻である。夫としてのミルトンに痛切な寂寥感がなかったはずはない。その痛みのいえぬ間に、翌月には長男ジョンが逝《ゆ》いた。一歳三か月ほどの子であった。どう見ても、この年はミルトンにとって酷であった。おそらくかれはわが身を旧約聖書のヨブになぞらえてみる瞬間があったのではないか。「主は与え、主は奪う」。じっさいに、「ヨブの忍耐」という徳目がかれの関心のなかにはいってくるのは、このころからのことなのである。

さきに、ミルトンは論争に明け暮れした時期になって、かえってソネットの腕を上げている、と書いた。しかも一六五〇年代のソネットのなかに、ミルトンの代表的ソネットと目される作品がふくまれているのだから、おもしろい。人生多事。とくに悲哀のなかから、なんらかの「善」を見いだして、その悲哀を克服していこうとするとき、詩人としてのミルトンに磨きがかけられた、ということなのであろう。一六五〇年代のミルトンのソネットは一般的に上質のものであることは事実である。なかでも「失明にさいして」(第一九番。一六五五年?)、「ピエモンテでおこった最近の大虐殺について」(第一八番。一六五五年。本書八一―八二ページ)、それからのちにふれる「亡妻キャサリンへ」(第二三番。一六五八年)の三作はミルトンの詩業全体のなかでの代表作といっていいものであるし、この三作はイギリス文学史上、屈指のソネットなのだ。

失明のソネット

ここでは、このなかで第一九番の失明のソネットを取り上げてみよう。この作品の背景をなすものは、新約聖書「マタイ福音書」第二五章に出る「タラントのたとえ話」である。だから、あの「ソネット・第七番」と関連している作だといえる。主人が遠方へ旅立つので、その留守中に充分に財を殖やすようにと、三人の主だった従業員に、それぞれ五タラント、二タラント、一タラントを預ける。一タラントを預かった従業員は、性来の気弱さから、それを融資・投資するばあいにともなう危険を回避したく思って、預かった財を地中にうめて、主人の帰りを待った。自分は一タラントしか預けられなかったのだ、という思いもはたらいたことであろう（一タラントは男子一人の六〇〇〇日分の所得であるから、現在の円貨にして五〇〇〇万円をくだらない）。主人が帰ってきたときに、この男は努力不足を叱責され、預かった一タラントまで取り上げられる。

ミルトンは自らに授けられた詩人としての使命を思い、やり場のない焦燥感にさいなまれている。

When I consider how my light is spent,
　E're half my days, in this dark world and wide,
　And that one Talent which is death to hide,
Lodg'd with me useless, though my Soul more bent
To serve therewith my Maker, and present
　My true account, lest he returning chide;
　"Doth God exact day-labour, light denie'd?,"

I fondly ask; But patience to prevent
That murmur, soon replies, "God doth not need
Either man's work or his own gifts; who best
Bear his milde yoke, they serve him best; his State
Is Kingly. Thousands at his bidding speed
And post o're Land and Ocean without rest:
They also serve who only stand and wait."

人生のなかばもおわらないのに、この暗い世のなかで、
わが眼光は失せ、隠しおけば死に値する
一タラントはこの手中にあって増えようとはしない。
預かったものを活かし、造りぬしに仕え、
帰ります日に責められることのないように、
心からの計算書を差し出そうと思ってはいるものの。
ときに、わたくしは愚かにも尋ねる、「神は盲人《めしい》にも
労働を強いたもうのか」。忍耐はそのつぶやきを

察して、すぐに答える、「神は人の仕事をも
　神みずからの贈物をも、求めたまわない。
　軽いくびきを負うことこそ、神によく仕える道だ。
神は王者の威風をそなえたもう。ちよろずの天使たちは
　その命令をうけて、海と陸とのわかちなく、疾走する。
　ただ立って待つことしかできなくとも、神に仕えているのだ」。

　この作品はいくつかの点において、特異である。イギリスのソネットの伝統を踏みはずしている面がある。だいいち（原文では）上八行は切れ目のない一文章なのだ。一気呵成《かせい》のうたい方である。各行の最後のあたりに、小休止など望まれようもない。事ごと左様に、このソネットの語り手「わたくし」の焦燥感は深刻である。ソネットはふつう上八行と下六行とに分かれてうたわれる。この作品は、たしかに「わたくし」の訴えは上八行で、いちおう終わってはいる。が、その第八行目を充分に使いおおすだけの余裕もない。気持はそれほど逼迫《ひっぱく》している。その深刻な焦燥感を押さえてくれるのは、第八行の途中で姿をあらわす〈忍耐〉である。さしもの〈忍耐〉も、この「わたくし」の感情の高まりを押さえるには、ふつうの六行では足りず、六行半を要するのであろう。〈忍耐〉はキリストのことば――「すべて重荷を負うて苦しむものは、わたしのもとに来なさい。休ま

せてあげよう。……わがくびきは負いやすく、わが荷は軽いのだ」（マタイ福音書一一の二八―三〇）――を思わせることばで、「わたくし」をさとす。その語調は上八行――正確には上七行半――とは全く異なり、悠揚迫らざるものである。とくに結び一行の諄々《じゅんじゅん》たる調子が、作品全体に均衡感をあたえている。

　ここでひとつ問題としておきたい用語は、その結び一行に出る「立って待つ」という表現である。ひとつ概念を、いちおうふたつの単語でいったものであろう。そこで考えられるのはギリシア語の「ヒュポメノー」ということばである。この語は前記ふたつの語義を兼ねそなえているのである。しかもこのギリシア語はふつうは「忍耐する」の意として用いられる。古典語にくわしかったミルトンのことである。このソネットを結ぶにあたって、ギリシア語の「忍耐する《ヒュポメノー》」を、語原的に「立つ」と「待つ」とに分けて、英語の作品のなかで生かしたものであろう。

　両眼失明のあと、かれが口述しはじめたものに『キリスト教教義論』という大部の神学書がある。このなかで「忍耐」にかんして、次のような定義をくだしている。「神の摂理、力、善に信頼をよせつつ、神の約束に従い、避けがたいわざわいにたいしては、これは至高の父のみ心であり、われらのためにこそ賜与されたるものと考え、平静に堪えること」――これが忍耐である、と説く（第二巻三章）。そのばあい、ミルトンが考えていることが三つある。第一は、忍耐とは逆境にあって耐えること。第二に、忍耐はあきらめではなく、終末の近きを信じて、希望をいだいて生きぬくこと。第三に、忍耐の具体例として、ヨブのこと、あるいは「ヨブとその他の聖徒たち」のことを考えているということ。こうなってくると、このソネットはいわばミルトンじしんにヨブ的な人間像を提示して、苦難にうち沈む「わたくし」の焦燥感を鎮めようとした作品とうけとれるのである。

「ソネット・第一九番」と別れるにあたって、どうしても観察しておきたい、もうひとつの点がある。われわれは前章で、一六四四年のミルトンが「正しき理性」に依って、荒野へ歩み出る姿を「節制」の姿ととり、それがキリスト信徒のヒロイックな生き方であると考えたということをみた。それとの関連で、いまの失明のソネットを読んでみると、「わたくし」は逆境の淵《ふち》に沈んで、「忍耐」の徳を発見しているということに気づく。キリスト信徒の人間像のもつヒロイズム観に、あるいは節制中心から忍耐中心へと、重点のおき方の変化を認めることができるのかもしれない（じじつヨブにたいするミルトンの関心は、失明後に急速にふかまっているのである。コロンビア大学出版局の『ミルトン全集』につけられた索引について調査したところでは、「ヨブ記」への言及やく一七〇例のうち、失明時以前の例は、わずか五例にとどまる）。忍耐の徳への関心のふかまりは、やがて『楽園の喪失』のアダム像へとつながってゆくはずのものであるが、ここではその全体の流れのなかで、この失明のソネットの意義を考える必要があろうということのみを記しておきたい。

それからもうひとつ、最後にふれておきたいのは、このソネットの執筆年代についてである。ミルトンが両眼失明するのは、一六五二年初めである（ひょっとすると、その前年の暮れか）。だからこの作は一六五二年とする説が多いのだが、筆者はその説をとらない。失明の体験のショックに、ある反省と内省の加わるだけの時期が介在して、そのあとにつくられた作とみてもいいのである。かれは失明後、数年たって、自分の失明の体験を、一種の自己分析を加えつつ、友人たちに書き送っている。このソネットはこういう静かな精神状態に達したあとに成立した作とみていいのではないか。一六七三年版の第二『詩集』でも、「ピエモンテでおこった最近の大虐殺について」（一六五五年）のあとに位置づけられているのである。

連作へ

ミルトンのソネットは一六五〇年代のものが秀《すぐ》れている、といってきたのであるが、それをここに並べてみよう。

第一六番　クロムウェル将軍へ（一六五二年五月）
第一七番　ヘンリ＝ヴェイン卿へ（一六五二年七月）
第一八番　ピエモンテでおこった最近の大虐殺について（一六五五年）
第一九番　失明にさいして（一六五五年？）
第二〇番　エドワード＝ロレンスあて（一六五五―五六年冬）
第二一番　シリアック＝スキンナーあて（一六五五―五六年冬）
第二二番　シリアック＝スキンナーあて（一六五五―五六年冬）

第二三番　亡妻キャサリンへ（一六五八年）

これらの作品がそれ以前のものと比べてみて、いちじるしく異なっている点がある。第一は、詩としての文章《シンタックス》が簡易化したということである。単刀直入のうたい方が基本となった。妙なことば遊びは姿を消している。第二は、有声《ヴォーカル》の祈りの調子が出てきたということ。さきにみた第一九番なども、文章《シンタックス》は単純であるうえに、全体が有声の祈りの傾向にある（第一八番もその種のソネットである）。これは一六三〇年代、四〇年代のソネットにみられた弁論《オラトリカル》ふうの調子が発展した結果と考えられるであろう。

もうひとつ第三の、大事な特徴がある。それは一六四〇年代までのソネットにみられた同一作品内の循環的な構造は、五〇年代の作品にはなくなっているということである。その代わりに、二作を連合した作品群が出現してくる。たとえば、すでに言及したように、第一六番と第一七番は同じ一六五二年の作で、前者は陸将クロムウェルにたいする作、後者は海将ヘンリ＝ヴェインにたいする作である。一対の作といえよう。第二〇番と第二一番も、一六五五年から翌年にかけての、同じ冬の作であり、ともにかつての教え子にたいする、晩餐《ばんさん》への招待状である。いずれも軽快な対連《ついれん》である。また第一九番と第二二番は、それぞれヨブ的な忍耐とサムソン的なヒロイズムに立って、失明の苦難を乗り切ろうとする連作とも考えられる。おそらく、いずれも一六五五年の作である。つまり一六五〇年代の作には、一連のソネット、対連への傾向がみられるのであって、これはかつての循環的な作風とは全く違う、いわば直線的な、つまり連作的な志向ともいうべき傾向を示している。

ミルトンは公務多端な日々のなかで、しかも盲目の身で、じつは数多くのソネットをつくっては、口述していたのであろう。そして佳作と目されるもののみをのこしたのであろう。そうであればこそ、内容的・技術的にこれほどの進歩のあとをとどめる作をのこすことができたのであろう。一六五〇年代にはソネット制作を自家薬籠《じかやくろう》中の物としていき、ソネット単位の口述は意のままとなっていた盲詩人に、われわれは出あっているのである。

「詩篇」の英訳

このこととの関連で、ミルトンが旧約聖書の「詩篇」を母国語へ移した訳業を観察することが必要となってくる。かれは一六四八年に「詩篇」第八〇篇から第八八篇にいたる九篇を英訳している。それから五年後の一六五三年の夏に、「詩篇」第一篇から第八篇までの八篇の英訳をこころみている。このほうは盲目の詩人の仕事であった。失明を境にしたこのふたつの作品群には大きな違いがある。最初の訳詩群は原文に比して冗長である。後の訳詩群は簡勁《かんけい》である。しかも後の訳詩群にはソネット単位のうたい方があらわれているのである。「詩篇」第三篇、第六篇、第八篇の訳詩は、ソネット二作分にちかい、二四行の訳になっている。第二篇は三行韻文《テルツア・リマ》を基本とする、全体二八行の訳詩である。第五篇もソネット三作分に、ほぼちかい訳し方である。この種の傾向は失明前の「詩篇」の訳にはうかがわれなかったことである。一六五三年の英訳「詩篇」は、まごうかたなくソネットの達人となりえた詩人のペンになる訳詩となっているとみられる。

そのうえ、この英訳「詩篇」群には、後の『楽園の喪失』に出てくるフレーズが、すくなくとも三つは使用されている。第三篇一二行の「聖き山」"holy mount" は、『楽園の喪失』の第五巻七一二行、第六巻七四三行、第七巻五八四行に出る。「詩篇」第四篇三〇行の「輝きの顔」"count'nance bright" は、叙事詩の第二巻七五六行に、「詩篇」第七篇一八行の「よごれた恥辱」"dishonour foul" は叙事詩第九巻二九七行にあらわれる。ソネットふうのうたい方の出現する「詩篇」群に、後の叙事詩につながるフレーズが出てくるということは、この時期にミルトンのことばとうたい方（口述）とが、ともども手をとり合って『楽園の喪失』の口述作業の準備をととのえていたということを示しているのであろう。

口述の技法　一六五〇年代の、とくに失明後のミルトンは、口述の技術として、ソネットおよびソネットふうのうたい方と発想とを身につけ、そのうえで叙事詩の口述を開始したものであろう。その推論を支持してくれる、もうひとつの事実がある。ミルトンは再婚の妻キャサリンを一六五八年二月三日に喪《うしな》う。「ソネット・第二三番」は、おそらくその亡妻への愛をうたった作である。妻は産褥の経過が思わしくなく逝いた（生まれた女児も一か月半で逝く）。このソネットでは「聖徒なる新妻」が「産褥の汚れ」を洗われて、

かの女の心のごとく、全身白をまとって、現われた。
顔には覆《ヴェール》い。だがわが心眼には
愛、美しさ、優しさとが

——輝いて見える。

だが、なお、わたくしを抱かんとして妻がかがんだとき、
わたくしは目ざめ、妻は逃げた。そして日はわが夜を連れもどした。

いわば人物の身ぶりまで感ぜられるほどの、劇的な結びとなっている。
このソネットを、『楽園の喪失』のなかでアダムがおのが肋骨から創造されたエバに初めて出あったときの思い出を、天使ラファエルに語る、ほぼソネット単位の一節とくらべてみよう。

その容貌《みめ》は
未知の甘美をわたくしの心に注ぎいれ、
その立《た》ち居《い》振舞いは万物に愛のこころと
恋のよろこびとを吹きこみました。ふと
かの女の姿は消え、わたくしの心は闇となり、
目覚めても、かの女を追い、いつまでもかの女の、
消滅を嘆き、他の歓びを拒絶するところでした。
折しも、絶望のふちから、かの女を見る。さほど
遠からぬところに。夢に見たかの女が、天地最高の
飾りを身につけて、このうえなく愛らしく、
み姿の見えざる創造主《つくりぬし》に手引きされ、
そのみ声に導かれ、婚姻の神聖と
夫婦《めおと》の秘儀とを教えられて、かの女は
わたくしの方へと近づいてまいりました。
かの女のあゆみには優雅、目には天国、
仕ぐさひとつにも威厳と愛とがこもっていました。

（第八巻四七四―四八九行。傍点筆者）

妻があらわれ、それがふと消え、こんどは見えぬながら近づいてくるのがわかるのだ、という。措辞、劇的な描写、官能的な愛の表現、そしてなによりも、この全体の雰囲気——。「ソネット・第二三番」が叙事詩のなかに吸収され、そして再生している。

叙事詩の口述へ

ミルトンはこの一六五八年のソネットを最後として、ソネットの創作は断った。じつは、ソネットの形式をのこす必要はなかった、といったほうが正しいのであろう。ソネット形式に通じた詩人は、それを口述の基礎的単位としながら、叙事詩創造の大業へと没入していったからである（『楽園の喪失』冒頭の一節も、第一二巻の結びの一節も、ともに二六行の段落であり、およそソネットの二作分である）。その目をもってすれば、この大作のなかには、いく多のソネットの断片がちりばめられているはずである。

一六五八年九月三日、大あらしの翌日に、クロムウェルは死んだ。護民官の名においてイングランドの政権を掌握した男の死であり、ここに共和政は実質上瓦解《がかい》の一途をたどる。ミルトンは、しかし、おそらくその翌年の秋までは、共和政府の外国語担当秘書官の職にあった。

一〇年にわたる官職であった。失明の身でありながら、長く政府の責任ある文書室勤務をつづけるあいだに、かれはげんかくな口述の技量を身につけた。その技量の進歩の度合いは、具体的には測定のできるものではない。しかし一六五〇年代のソネット作品の卓越さを垣間《かいま》見ただけでも、その技量の進歩は推し量ることはできる。実際のところ、ソネット単位で韻文を口述することは、この盲目の秘書官にとって、比較的に日常のことにぞくしはじめていたのではなかったのか。そしておそらく一六五八年には『楽園の喪失』の口述は、一部開始されていたのであろう。

注

＊1――一六四〇年代までのミルトンのソネットの詳細については、拙論「ミルトンのソネット演習」(『英詩青年』一九八一年四月号―七月号)を参照ねがいたい。

第7章　王政復古前後

チャールズ二世

国王チャールズがドーバーに上陸したのは、一六六〇年五月二六日のことであった。クロムウェル軍に追われて身のおきどころを失い、死線をこえてイングランドを去り、ノーマンディに落ちのびて以来、大陸での流浪は九年半におよんでいた。そのかれが父祖の地にもどったのである。

シェイクスピアのリチャード二世は、ボリングブルック（のちのヘンリ四世）に追われたのちに、ウェールズの海岸に到着する。そのとき、王は歓喜して、「ふたたびわが国土に立つことをえた。嬉し涙がこぼれるぞ。愛《いと》しき土よ、わしはおまえをわが手でなでてやる」というせりふをはく（『リチャード二世』三幕二場）。これは芝居のうえでの話だが、歴史上のリチャードより三〇〇年ちかくもあとのチャールズがドーバーに立ったときの感懐は、まさにこのせりふの心そのままであったろう。そのチャールズはゆっくりと、三日をかけてロンドンにはいる。市民は熱狂的な歓呼の声をあげて、国王を迎えた。国王がホワイトホールに落ちついたのは、五月二九日の夕刻であった。この日はかれの満三〇歳の誕生日であった。

「隠退議員」

二年まえ、一六五八年のクロムウェルの死を契機に、早晩、王政の復帰はあるべきものと、事情通には思われていた。九年まえの「プライド大佐の粛清」で追放された王党派と長老派の議員たち——「隠退議員《セクルーデッド・メンバーズ》」——は勢いづき、マンク将軍とあい図って、政権の座への返り咲きの機をねらっていた。その好機は一六六〇年二月二一日に到来した。その日、かれらは長期議会を成功裏に再開させ、四月二五日に新議会を開会する旨を議決してしまう。これは事実上のクーデターであった。

チャールズ二世

ミルトンはこのことの起こった前年の秋までは共和政府側の官職にあった。その地位を退く以前から、すでに『楽園《パラダイス・》喪失《ロスト》』は一部口述を開始していたのであろうから、政治の現場から離れたあとは、かれの文学的使命の達成にむけて、一途に邁進《まいしん》していいはずであったが、実情はそうではなかった。ほんとうに王政が回復されるとなると、これまでの共和政は全く崩壊してしまうのか、どうか。共和政にかかわった中心人物らの処遇は、どうなるのか、というような問題は、ミルトンばかりでなく、多くの人びとの重大な関心の的であった。

自由共和国論

ミルトンは一六五九年には『教会問題における世俗権力』や『教会浄化の方法』などの冊子を公刊している。しかしとくに注目に価するのは、『自由共和国樹立《フリー・コモンウエルス》の要諦《ようてい》』である。ここでかれがのべていることは、イングランド各州を「小さな共和国《コモンウエルス》」となし、それを「貴族とおもだったジェントリー」が治め、その政治単位を基盤として、つぎに国家そのものの「基礎たり主柱たる」終身制の中央評議会を設立するという改革案であった。この中央評議会――議会《パーラメント》という表現を故意に避けて――を残部議会《ランプ》で埋めたいとねがっていたらしい。この建議を受けとったマンク将軍が、それをどう扱ったかはわからない。二月二一日には例の隠退議員の巻きかえし事件が起こっているから、ミルトンの建議がいれられるはずはなかった。ミルトンはこの書の改訂版の口述に、すぐにかかったことであろう。三月の第一版の出版をまたずにミルトンの筆耕者は改訂のペンを走らせていたことであろう。なにしろ、四月二五日の新議会開会日以前に、改訂版を出さなくては意味がない。この大幅に増補された改訂版は四月上旬には上梓されたはずである。

改訂・自由共和国論　自由共和国論《フリー・コモンウエルス》の改訂版は、終身制の中央評議会の設立を要請するという大筋においては、初版とかわらない。が、いくつかの変更がある。この時期では、残部議会支持の宣言は無意味であるから、削られている。またマンク将軍にたいしては将軍が隠退議員と結託した事実が明らかであるいじょう、たいへんきびしい態度をとることになる。改訂版ではマンク将軍をローマの軍事独裁者スルラに見たてている。

また新たに大幅な加筆をした箇所が三つある。第一は「自然の法」にかんする部分、第二はアリ社会にかんする部分、そして第三は「終身制の元老院」にかんする部分である。まず、自然法をめぐっては、ミルトンは次のように論じている。イングランド議会は「王政の束縛」を自由な共和国へと変えたのだが、それは「全人類を真に心底から根本的に支える法の法」たる「自然の法」が「倫理的でない」慣習的教会諸法を廃棄した結果だ、と論ずる。イギリス革命の反体制派は、だいたいこの流儀で既成の政治・宗教指導者層を糾弾した。

第二の加筆部分は王政支持派を、神のみわざと人間の努力を評価しない怠けものとこきおろす箇所に加えられた比喩である。旧約聖書の「箴言《しんげん》」第六章六節以下の、「怠けものよ、アリのところへ行き、そのなすところを見て、知恵を得よ。アリは君侯《きみ》なく、支持者なく、主人《おさ》もないが、夏のうちに食物をそなえ、刈り入れのときに食糧《かて》を集める」ということばを、ミルトンは引用する。さらにかれは次のように手を加えるのである。「アリは無分別、無制御の人びとにたいして、倹《つま》しき自制の民主政《デモクラテイ》、あるいは共和国《コモンウエルス》の範例となり、一人の専政君主による一支配体制下よりも、多くの勤勉にして平等なる人びとが未来をのぞみ、協議しあいつつ、安全に繁栄してゆく型となる」と記す。アリは明らかに共和政の象徴となっている。「勤勉」、「倹しさ」、「自制」、「平等」、「未来」などの、ミルトンの「共和政」の諸徳目が、ここに並んで出てくる。

ここでいう「民主政、あるいは共和国《コモンウエルス》」を、他の加筆部分で「共同社会《コモナルテイ》」と言い換えてもいる。それが「州、もしくは共同社会」という表現であるところをみると、おそらく州レベルの共和政――ミルトンのいわゆる「州会議」――を指しているものと思われる。ミルトンは、「貴族とおもだったジェントリー」による共同社会の構成が政治形態の根底にあるべきだという主張をいだいていたのであろう。

加筆の第三として「終身制の元老院」の提唱がある。終身制論は初版にも出る。それはかれの『ある友人への書簡』(一六五九年一〇月)などの文書にもみられるものであり、この考えにかれは固執していた。かれはこの堅牢《けんろう》な寡頭制を敷いて共和政の崩壊をくいとめ、王政の回復を阻止せんとしたものであろう。これはこの緊急時の混乱をくい止めようとする、「さしあたり」の便法案であった。

「元老院」とは国の主柱たる「中央評議会」のことであるが、この思想の背景にはローマやヴェネチアの元老院制のほかに、ユダヤやアテナイの最高法院制の先例があった。また元老院案は、へンリ＝ヴェイン、ヘンリ＝スタブ、ジョン＝デズバラなど、共和政支持者たちの主張には多く散見する見解でもあった。ミルトン独特の考え方ではないのだが、ただかれのばあい特異なのは、「終身制の元老院」の加筆部分に、かれの教育思想をもちこんだことである。

すぐれた中央評議会が設立されるためには、選挙人も被選挙人も、「すぐれた教育」をうけた人びとでなくてはならず、そうでなければ国民に「徳力ある信仰、節制、謙虚、謹厳、倹しさ、正義」を教えうる政治体制はつくり上げることはできない。自由共和国の支柱とされる「貴族とおもだったジェントリー」は、社会層そのものへの言及ではなく、すぐれた教育をうけた有徳の、国民の範たりうる人士たちを指して、ミルトンが用いた表現であった。かつての『教育論』の主張が、ここに継承されていることがわかる。

（ミルトンはこの文書の改訂増補版で、「中央評議会」そのものの構成を、より明確にしている。それによると、各州のおもな都市に個別の「通常会議」を設け、それが州単位の「州会議」の選出母体になる。さらに州会議から代表者が選ばれて「中央評議会」を構成する、という仕組みになっている。この三段階機構のアイデアは、すくなくともその基盤は、すでに本書第5章でふれたように、かつての『教会統治の理由』のなかでミルトンが勧めた長老派教会の統治法に酷似している。そこでかれは「教区会議」、「教会会議」、「中央会議」の三段階の統治機構を弁護しているのである。これは長老派から離脱したはずのミルトンに、それでも長老派的な思考方式がのこっている例のひとつとみなしてよいものであるのかもしれない。)[*1]

以上われわれは『自由共和国樹立の要諦』改訂増補版で、ミルトンがおこなった加筆箇所を中心に、三点にわたる著者の主張を観察してきた。「自然の法」の論理も、その論理にのっとった共同社会《コモナルティ》の提議も、「終身制の元老院」制構想の基盤をなすものであるが、その根底に指導者層の教育の問題が提案されていることが特徴であった。ただ、この増補版は初版そのものにくらべると、共和政の瓦解を目前にしているだけに、悲観の度合いのふかまりを示す筆運びである。しかしそれだけに、ミルトンほんらいの理想が、より純粋に前面に押し出される結果となっている。それが端的にあらわれたのが、ここで指摘した加筆三部分であったと思われる。

『楽園の喪失』へ

たしかに、一六六〇年の二月、三月段階のミルトンが、ちょうど同時期に口述を進めていた叙事詩のなかに、改訂版の自由共和国論の主張を、詩的なかたちに生かして嵌《は》めこんでいるかもしれないのである。その可能性に、かんたんにふれておきたい。

まず最初に「自然の法」の問題である。叙事詩の第一二巻二四行以下において、天使ミカエルがアダムに語る数行は、『自由共和国樹立の要諦』の加筆部分でミルトンじしんが論じたことと、ほぼ同一の内容となっている。

やがて心たかぶれる
ひとりの野望家が起こり、正しき平等、
兄弟相愛《はらから》の状況《さま》にあきたらず、
兄弟のうえに不当の主権を僭称《せんしょう》して、
調和と自然の法とを
大地から除去せんとする。
かれの専制政体への屈従をこばむものには
戦闘と敵意の罠《わな》を仕かけて、狩りこむ。
(獲物はけものではなく、人間《ひと》なのだ。)

ここでいう「野望家」は神に逆らう専制暴君ニムロデを指す(創世記一〇の八以下)。ミルトンはかつて『偶像破壊者』*Eikonoclastes*(一六四九年)のなかで、そのニムロデという名称をもってチャールズ一世を指したことがある。だから『楽園の喪失』を口述するミルトンも、ニムロデとチャールズ＝ステュアート――このばあいはチャールズ二世――を、同じサタン的な野望家ととらえたとも考えられる。さらに、「調和」と「自然の法」の尊重が「平等」、「兄弟相愛《はらから》」の基とされていることや、それへの尊重の念のないところに「専制政体」がのさばりはじめるという図式は、改訂・

自由共和国論でミルトンがいっていることと、ぴたりと合致する。とすれば、この「野望家」は、ここでは、ミルトンが「スルラの専制」と野次った、その当のマンク将軍を指す表現とも考えられるのではないか。いずれにせよ、叙事詩における「自然の法」ということばは、明らかに倫理的意味あいをもち、その点、散文の『要諦』で語ったことを、その延長線で、より明確化したものとみることができよう。

第二に、アリ社会の部分に相応する詩行として、われわれは叙事詩の第七巻四八四行以下をあげることができる。

まず匍《は》うのは、
未来を心がけ、寛《ひろ》き心を
小さき胸につつむ倹《つま》しきあり。
ありはこののち、民の共同社会を
かたちづくり、正しき平等の
型《かた》となる。

『要諦』の改訂部分のなかで、共和政の象徴とされたアリ社会の諸特徴の一切が、ここに出そろっているではないか。「未来」、「倹しさ」、「平等」という語ばかりでなく、「寛《ひろ》き心」という語が出る。この語が「雅量《マグナニミティ》」の変形であることは、論をまたない。さらにここでは（叙事詩のなかではここ一回かぎりの）「共同社会《コモナルティ》」という重要な語があらわれる。注解家たちはこの語にほとんど目もくれず、ましてや改訂・自由共和国論との関連での説明は、いまのところ皆無といっていい。『要諦』では、すでに観察したように、それが「州会議」を中核とする政治体を指したことを配慮すれば、これはたんに「民主政体」などという漠然たる内容の語ではなく、詩人としてはもっと具体的な内容の実体を脳裏にえがいて用いた語であるととることができる。また叙事詩におけるアリ社会の美徳は、自由共和国の選出母体たる「貴族とおもだったジェントリー」の、あるべき姿を詩的に、より直截《ちょくせつ》にうたいあげたものと考えていい。

重要なことは、このアリ社会の叙述のあとに、人間《アダム》の創造の叙述がすぐにつづくことである。

なお欠けるは主要たる作、すでに
造られたるものの完成《きわみ》。他の生きものの
ごとくにはうつ向かず、愚でもなく、
きよき理性をさずけられて、全身を直立させ、
しずかなるひたいをまっ直ぐにもちあげて、

みずからを知りつつ、他を治める、
ゆえに寛《ひろ》やかなる心をもって天と交わる。
（第七巻五〇五—五一一行）

アダムは「きよき理性」をさずかり、「寛《ひろ》やかなる心」——つまり「雅量」——をもって神と交わり、節制を尊びつつ、他を治める。これらの美徳は、前段の結びで説明したように、明らかに「貴族とおもだったジェントリー」にミルトンが求めた理想的人間像である。つまり創造されたアダムの姿には、ミルトンの考える指導者層の典型が見いだされるのである（この理想型たるアダムが堕落し、悔い改め、神に従順を誓うにいたる過程が、『楽園の喪失』そのもののドラマである）。

最後に、『要諦』改訂版の加筆部で強調されている「終身制の元老院」にかんしてふれておこう。叙事詩の第一二巻で、天使ミカエルはアダムにたいして、エジプト脱出後のイスラエル人が、アラビアの砂漠をさ迷いつつ、

みずからの統治法を確立し、
十二の族《やから》から七十人の元老をえらび、
律法《おきて》にもとづいた統治を始めようとする。
（第一二巻二二四—二二六行）

「元老」という語は、叙事詩中ここいちどかぎりのことばである。この行の元本は旧約聖書「出エジプト記」第二四章一節から九節までで、そこには「イスラエルの七十人の長老」とある。

　ミルトンが「長老」という表現を避けて「元老」という語を使ったということは、この箇所が『要諦』の改訂版となんらかの関係のあることを想定させるものである。つまり中央評議会の「元老院」構想をうちだしたミルトンでなければ、叙事詩のこの部分で「元老」という語は使えなかったはずなのである（そもそも叙事詩では、驚くべきことに、「長老」という語はいちども使われていない。そこには、長老派が王政復古期においては「新たに王党化した長老派」として、王政の回復のために暗躍する反動勢力になりさがったという、ミルトン一流の批判が働いていたことが認められる）。共和政府派のジョン＝デズバラ将軍は六〇名構成の元老院制を提唱したが、ミルトンが叙事詩の第一二巻二二五行で七〇人の「長老」という語に代えて「元老」という語を採ったことは、かれが七〇名構成の、とまではいえないにせよ、デズバラ将軍の提唱にほぼ等しい規模の元老院――つまり中央評議会――を構想した可能性をさえ、われわれは推定することがゆるされるのかもしれない。

　ミルトンはこの『自由共和国樹立の要諦』の改訂版を出すにあたっては、それ以前のかれのように、なんとしても理想の実現を図ろうとする気持は、もはや捨てて、理想は理想としてそれを書きとどめよう、という心境になっている。それだけに、改訂版においては、未来展望的な表現がずいしょに書き加えられたのであろう。『楽園の喪失』はそのかれの理想を芸術的に整理・彫琢《ちょうたく》したものので、それをときに黙示的に、ときに預言者的に、ときに直截に表現したものであるといっていい。『要諦』でじゅうぶんにいいきれなかったものを、思う存分に吟唱している感がふかい。したがって叙事詩は、アダムの楽園追放という神話を枠組みとしてもちながらも、じつは王政復古期の詩人の願望をいいつくしたものとみていい。詩人は「貴族とおもだったジェントリー」の理想型を創造《な》時のアダムの姿にうたいこみ、自由共和国《フリー・コモンウエルス》の栄光の構造をアリ社会の共同社会《コモナルティ》で象徴しつつ、成るべくして成らなかった自由共和国への挽歌と、それへの新たな展望を、ここにうたいあげたものとみることができる。

ブレダ宣言

チャールズ二世は帰国の日程が決まりはじめたころ、オランダのブレダでひとつの宣言に署名する。四月四日のことである。そのなかで、ロンドン復帰のあとは「自由議会」をゆるすこと、父王の処刑にかんしては直接の責任者で現在生存している七人以外は大赦すること、信教の自由を認めることなどを公約した。しかしこの宣言は、きわめて政治的な含みをもつもので、文字どおりに信用することはできなかった。この宣言は側近のクラレンドン伯エドワード＝ハイドの作文であるかにいう歴史家がいるが、それは誤りである。国王はこの宣言文の作成にあたっては、みずから責任のある討議に加わっていた。

「国王殺し」

前王処刑にあたっての最高責任者はオリヴァー＝クロムウェルであるが、かれはすでにこの世の人ではなかった。国王弾劾裁判所の長であったジョン＝ブラッドショー、その他ヘンリ＝アイアトン、トマス＝プライドらも、すでに故人であった。国務会議につらなった少将トマス＝ハリソンは「国王殺し」の指名をうけた最初の人物であった。それが発表されたのは六月五日であった。あとの六人と目されそうな人びとは、大陸へ逃れたらしい。しかしヒュー＝ピーターズら、むしろ小ものとおぼしきなん人かが次々と逮捕された。ハリソンの公開処刑はチャリング・クロスで執行された。あのサミュエル＝ピープスがそれを目撃し、例の『日記』のなかに書きとどめている。ハリソンは堂々と、笑って死んでいった。その残虐な処刑が終わったとき、「群衆は歓呼の声を上げた」と記している（ピープスは一一年まえのチャールズ一世の処刑も見に行っている。物見高い男であった）。その後、なん人もの「国王殺し」が処刑されている（クロムウェルはその遺体があばかれて、処刑され、ハイドパークの東北角ちかくのタイバーンにさらされた）。

そういう時節に、八月一三日づけで『偶像破壊者』、『イングランド国民のための第一弁護論』の二書が、正式に国王名で発禁・焚書《ふんしょ》を宣告された（この二書は大陸では、すでに一六五一年から翌年にかけて、焚書処分をうけている）。この二書が問題視されることは、少しまえから、それとなくわかっていたので、ミルトンは聖ジェイムズ公園付近のペティ・フランス（ウェストミンスター区）の自宅から姿をくらましている。甥のエドワード＝フィリップスによれば、「バーソロミュー・クロースの友人の家に」身をよせた。逮捕され、裁判にかけられることを恐れたのである。八月末には大赦令が出て、かれも身の危険のないことを信じて、ホウボン地区に家をもった。しかし一〇月にはいちじ監禁されたらしい。弟のクリストファーが法廷に召喚されている。監禁を解かれたのは一二月半ばになってからのことである。ミルトン釈放のために、友人たち、なかでもアンドルー＝マーヴェルやサー＝ウィリアム＝ダヴナントらが尽力したらしい。

身の危険

一六六〇年はミルトンにとっても多難な年であった。生まれて初めて身の危険を感じた。やがて口述することになる『闘技士サムソン《サムソン・アゴニスティーズ》』の一節で、主人公に次のように嘆かせて――

　　　わたしは光のなかで
暗黒《やみ》。日夜、詐欺《たばかり》、侮蔑《あなどり》、罵言《そしり》、虐待《しいたげ》にさらされ、
家の内外を問わず、つねに白痴《たわけ》のごとく
他人《ひと》の思うがまま、こちらの思うにまかせぬ。
半ばも生きてはいず、ほぼ死せるも同断。

おお暗黒《やみ》、暗黒、暗黒。ま昼の光のなかで、
医《いや》しがたき暗黒《やみ》、皆既《かいき》の蝕《しょく》。
陽光に接するの希望《のぞみ》など、あらばこそ！

（七五―八一行）

こう綴るミルトンには、おそらく一六六〇年の夏から秋にかけての苦い体験が生きていたものであろう。

かれはこれいらい、政治関係の冊子は公刊しなくなる。青年時代このかた、自分の使命と感じていた仕事の達成に、専心邁進すべき秋《とき》の来ていることを知らされた年であったにちがいない。『楽園の喪失』の一節で、

この英雄詩の主題がはじめてわたくしを捕えてより、
長《なが》の年月を閲《けみ》したが、わが着手するは遅かった。

（第九巻二五―二六行）

こう書いているが、これはまさにこの時期のミルトンの、いつわらざる実感であったろう。しかしもしかれがここにいたる二〇年間に、議会派の論客として思索をねり、弁論口調《オラトリカル》の散文をもってあの浩瀚《こうかん》な諸論文を書くという体験を経なかったとするならば、この叙事詩の主題と文体とはありえ

なかったことも事実である。

注

＊1――拙著『ミルトンとその周辺』(彩流社、一九九五年)、一二二―一二三ページを参照せられたい。

第8章　『楽園の喪失』をめぐって

ルネサンスの叙事詩

一六世紀のヨーロッパは大叙事詩人を生んだ。イタリアのアリオスト、トリッシーノ、タッソー、ポルトガルのカモンイス、それにフランスのデュ＝バルタス。このうちデュ＝バルタスはジョシュア＝シルヴェスターの英訳によって、英語世界に大きな影響を及ぼした。またイングランドの叙事詩人としてエドマンド＝スペンサーの名は忘れてはならない。一六世紀の半ばからの、やく一世紀はイングランドにおける叙事詩の世紀とよんでもいいほどの一〇〇年であった。英語圏だけに視野をかぎっても、ゆうに五〇篇にのぼるさまざまの叙事詩――もしくは叙事詩的作品――が作り出されているのである。ミルトンは右にその名を記したどの先輩詩人からも影響をこうむりつつ、この世紀にみずからも名をのこす叙事詩人となった。

それにしても、一般的に叙事詩とはいかなるものと考えられていたのか。まず、ホメロスやウェルギリウスいらいの叙事詩の形式上のしきたりというものが指摘されていい。たとえば、詩神《ムーサ》への

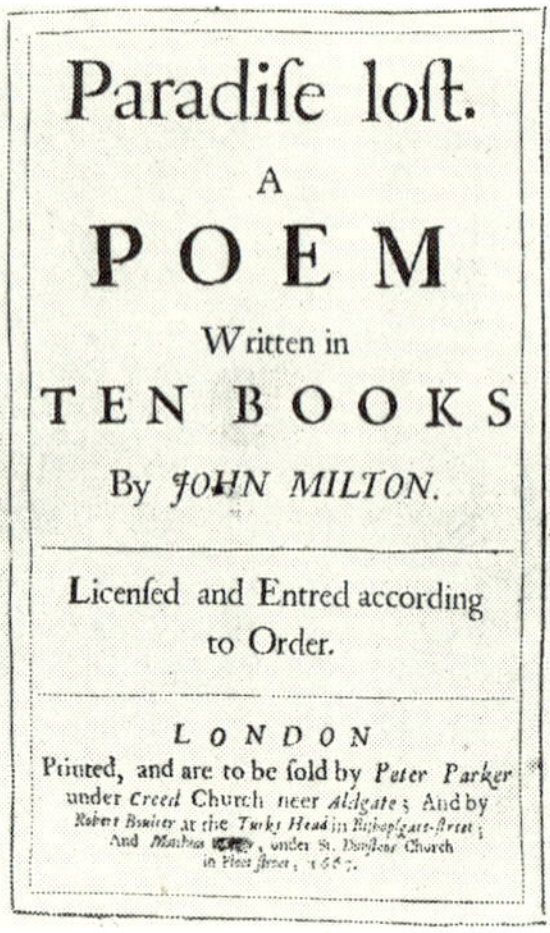
Paradiſe loſt.
A
POEM
Written in
TEN BOOKS
By JOHN MILTON.

Licenſed and Entred according to Order.

LONDON
Printed, and are to be ſold by *Peter Parker* under *Creed* Church neer *Aldgate*; And by *Robert Boulter* at the *Turks Head* in *Bishopsgate-street*; And *Mathias* [illegible], under St. *Dunstons* Church in *Fleet-street*, 1667.

呼《インヴォケイション》びかけ。叙述を「事件の中心から」*in medias res* はじめること。登場人物、地名、その他の羅列《カタログ》。戦いの物語。反復表現や明喩《シミリ》の使用。超自然的な仕掛けの導入。文体の荘重なること、などなど。これが叙事詩の特徴であったが、これらはいずれも叙事詩の技法面での慣習であって、ルネサンスの叙事詩にも、原則として踏襲されているものであった。ミルトンの

『楽園の喪失』
（初刊本10巻本、1667年）

ばあいもその例外ではない。

ただ叙事詩の世紀とよんでもおかしくない、つまりルネサンス期の叙事詩を、とくに内面的に特徴づける特質は何か、ということになると、また別の観察を必要とする。[*1] この時代の叙事詩観をひと口でいえば、叙事詩とは一民族を代表するに足る崇高な歴史上の人物を、荘重体《グランド・スタイル》でうたいあげつつ、その民族をたたえる作品である。そのばあい詩人たちは次の諸点を共通に意識した。

第一に、叙事詩はそもそも民族の苦難と栄光を語るものであるから、それは集団的な性格をもつ。

第二に、民族の統一精神を象徴する人格を「範例《モデル》」としてうたいあげる。だからことばも（ラテン語ではなく）各地方、各国々のことばを用いることが多く、内容もナショナリズムの色彩がつよい。

第三に詩人と聴衆とは過去の歴史を共通に想起することができる関係にある。第四に民族の美徳を代表する「範例」的人物がうたわれるいじょう、作品は教育的目的をになった。第五として、主人公が苦難の旅路をへて目的地に達するという、いわば「探求」の形式をもつ。これが「誘惑とたたかう霊魂の巡礼」の主題をかたちづくることが多かった。第六に、叙事詩は時間的・空間的知識の「要約」でなければならなかった。さいごに、叙事詩人はみずからが倫理的高潔を主張できる人物であることが求められた。

若いころから叙事詩の制作をこころがけたミルトンは、このような文学状況のなかにあったのである。叙事詩の主人公としては民族の栄光をになうはずの「範例」的人物がもとめられ、ミルトンもイングランド人としては（スペンサーの『妖精の女王』と同じように）アーサー王をかれの叙事詩の主人公にすえることを構想したのはとうぜんのことであった。そのアーサー王構想をかれが捨て、その代わりにアダム物語を採用しなければならなかった経緯は、本書第4章でのべたとおりであった。ここでは以下、ミルトンが「より厳粛な主題」の叙事詩化を生涯の目的としてかかげながら、じっさいには何を達成したのか、という問題を取り上げてみたい。

「口述する叙事詩」

『楽園の喪失《パラダイス・ロスト》』はミルトンが共和政府の政庁を退いた一六五八年ころには、その口述が開始されていたと思われる。しかしこの作品は共和政が瓦解するころになって、はじめて構想されたものではない。この作品のなかで重要な主題を構成することになる「正しき理性」観、「雅量《マグナニミティ》」と「忍耐」の人物像、文芸の意識など、どれひとつとってみても、一六四〇年代に詩人が論客として登場していらい、一貫していだきつづけ、醸成しつづけたテーマであることは、すでにのべたことから明らかであろう。それに加えて、失明後のかれが、ウェルギリウス流に「執筆する叙事詩」ではなく、ホメロス流に「口述する叙事詩」の語り手としての技量を、五〇年代後半までには身につけていたことは、すぐれた対連《ついれん》のソネットの口述技術が完成していたことをみても確言できることである。

こうしてみると、一六五八年九月という時期に、クロムウェルが世を去り、その年のうちにミルトンが官職を辞したということは、かれにしてみると、まさに秋《とき》いたれりの感があっての行動であったにちがいない。起こるべき時に起こるべき事が起こる、まさに僥倖《ぎょうこう》をたのむべき時期であったとしかいいようがない。

ミルトンが『楽園の喪失』のどの部分から口述を開始したかということは、わかっていない。叙事詩は詩神への呼びかけで始まるのが通例であるから、この作品のなかでなん度かあらわれるその種の呼びかけのひとつが、ミルトンの最初の口述部分となったかもしれない。第一巻一―二六行、第三巻一―五五行、第七巻一―三九行などである。第九巻一―四七行もこの部類にはいるであろう。このいくつかの段落のなかで、第三巻冒頭での詩神への呼びかけは詩人じしんの失明のことをうたい、第七巻の冒頭は王政復古前後の、かれじしんの逆境に言及していることからみて、個人的色彩のきわめて濃い詩行であるといえる。そしてこの個人的色彩は、これらの部分が、あるいは全体の歌い出しの部分（のひとつ）となっていたのかもしれないという推測をゆるすのである。が、これはどこまでも可能性と推測の域を出るものではない。

いずれにせよ、詩神によびかける箇所では、詩人が一個人として超越的実在へ語りかけるのであるから個人的色彩が濃く出るという特徴がある。しかしそれにとどまらず、その口述部分は詩人が何をうたおうとしているのかを告白し、その実現を乞いねがう部分であるから、いわば詩の主題が言及される可能性の、きわめて高い箇所となっている。

「キリスト教的英雄の型」

ミルトンは詩神への呼びかけの部分で、かれじしんの叙事詩が従来のどの叙事詩にくらべても、「より英雄的」な主題を扱っているのだという確信を宣言している。しかし何を根拠に、かれはそのような宣言をしたのであろうか。ここでわれわれは、一六四〇年代初頭の、つまりかれが「アダムの楽園追放」に思いをめぐらし、一〇〇にちかい筋書きをのこした時期に立ちもどってみたい。

ミルトンは一六四二年早春――当時の流儀で一六四一年――に『教会統治の理由』を出している。その第二巻の序言はかれの「文学的自叙伝」などとよばれるまでに、まとまった分量の、また質的に重要なエッセイとなっている。このなかでかれがいっていることのひとつは、詩人をこころざすほどのものは、母国語をもって「厳粛きわまることがら」をうたい、「一国民に教義と範例を指し示す」に足る「キリスト教的英雄の型」を指示することを目標とすべきだということである。

ここで考えておかなくてはならないことは、この一六四〇年代初期のかれの諸論文は、長老派擁護論であるという事実である。その文脈のなかで、文人としてのミルトンが以上のことを語っているのである。かれはイングランド国民が長老主義的な「教理と規律」——このことばじたいが長老派固有のことばである——に立って、完成の域へと足早に接近しているという幻想をいだいている。その完成を早めるためにも、かれは「一国民に教義と範例を指し示す」、「キリスト教的英雄の型」をつくりあげなければならないと宣言しているのである。堂々とした語調であることは、一読して明らかである。

「より高い主題」

ところでその「キリスト教的英雄の型」というものが、ミルトンの文学的生涯のどの段階にまで有効であったのか、という問題が出てくる。そのヒロイズム観は、そのままのかたちでは、おそらく一六四四年までのいのちであったろう。というのは、この年を境にしてかれは、長老派とは手を切ることがわかっているからである。長老派の規律のわく内で考えられているヒロイズム観は、この時期以後は重要な変更をせまられるのである。つまり以前にもまして自律性を身につけた人間観が前面に押し出されてくる。じじつ『楽園の喪失』の主人公アダムは、『アレオパジティカ（言論の自由論）』（一六四四年）に出ることばのとおり、「悪のなかから善を」選択できる個として登場してくる。これは当時の教派の図式でいえば、より独立派に近い人間観なのである。したがって詩人がこの作品のなかで、この作品には「より英雄的な」、「より高い主題」がひそんでいると宣言するときに、これが古典叙事詩の主題を凌駕する主題であるとのべていることはたしかとしても、ここではもうひとつ、詩人じしんがやく二〇年前に掲げていた「キリスト教的英雄の型」としてのヒロイズム観の変更を告白し、この作品のヒロイズム観はそれ「より高い主題」のものであると宣明していることも認めなくてはならない。

このことを的確にいっているのは、第九巻の初めの部分であって、ミルトンはここでキリスト教的叙事詩の目的は「忍耐と英雄的受難の／よりすぐれた勇気」であるとうたっている（三一―三二行）。ここで詩人が「忍耐」の徳を押し出している点に、とくに注意しなくてはならない。忍耐は節制と関連する徳である。ルネサンス期の思想界において、人が順境にあって神に従いつつ中庸の道をゆくことが「節制」であるとするならば、逆境におちいったときに神の摂理に服することが「忍耐」であると考えられていた。[*2]

ミルトンにあっては、忍耐観が前面に出てくるのは、かれじしんが両眼失明したり、妻や子を喪《うしな》ったりして、これまでになかった苦難を味わうことになる一六五〇年代前半のことである。そしてさらには、その後、共和政がもろくも崩壊する過程で、逆境に立たしめられた時期のことである。こうしてこの徳がアダムによって体現され、「ヒロイックな忍耐」の徳をたたえる『楽園の喪失』を生むことになる。詩人がこの作品で「より英雄的」な主題をうたうとのべる背景には、おおよそ以上のような思索の発展の過程があった。これこそがかれのいう「より高い主題」の内容であったと思われる。

サタンの英雄性

ここで作品そのもののなかへ分け入りたい。

天国で戦いがあった。神に反逆する天使の一党が、神につく天使軍と戦って敗れ、混沌界《カオス》を通って九昼夜落ち、地獄にたたきおとされる。やがて失神から目ざめた悪天使軍が首領のサタンを囲んで、万魔殿《バンデモニウム》で神への復讐策を模索する。公戦説をなすもの、現状肯定論をとなえるもの、それぞれに議論するが決着をみない。ときにサタンは立って、演説をぶつ。——サタン軍が落ちたあと、神は「別の世界」をつくり、その中心たる地球に天使らに似た「人間《ひと》という新しい種族」（第二巻三四八行）をおいたらしい。この「青二才ども」を堕としてやれば、創造主にたいする間接復讐にはなる、と。しかしその世界への遠征は、混沌界を通っての遠征であるだけに、危険がともなう。しかし、いやそれだからこそ、サタンは自分ひとりでやってのけよう、と語る。「わしたちすべての救いのために、いま／征《ゆ》かんとはする。この企てに、同伴《とも》は／要《い》らぬ」（第二巻四六四—四六六行）。ルネサンス期の武人・指導者には「高位の者にともなう義務」*noblesse oblige* という精神が生きていたが、サタンはその種の英雄性をとどめている。

戦いに敗れたといって、それがなんだ？
すべてを失ったわけではない。見よ、
不屈の意志、復讐の追求、あくなき憎悪、
敵に降《くだ》るをいさぎよしとせぬ勇気。これこそ
敵の征服を拒《さ》けるの心意気というものだ。やつの
怒りや力も、わしからこの栄光は奪えまい。
この腕がかの帝国《くに》の安泰をおびやかしたのだ。
それなのに、膝を屈してやつの憐れみを乞い、
やつの力を神としてあがめるなどということは
言語道断《ごんごどうだん》、下劣きわまること。そんなことは
この堕地獄にもおとる不名誉、汚辱だ。
（第一巻一〇五—一一六行）

地獄におちたサタン（野間傳治作、銅版画）

こう演説するサタンには、最高神への反逆の立場にあるとはいえ、たしかに古典的、またルネサンス的な英雄像がみられる（またここには共和政が崩壊し、いわばこの世の地獄に落ちた時期のミルトンじしんの苦渋にみちた声もきかれよう。けっきょく堕落天使軍はこの首領の英雄性に、地獄の命運をかけることになる）。

アダムとエバ

サタンは長途のひとり旅をへて、「世界」へ、さらにその中心に位置する地球へといたる。そこで発見するのは、エデンの園におけるアダムとエバの幸せな愛のいとなみであった。ふたりは神の創造のわざの完成の姿をあらわしていた。

直立して背たかく、神のごとくに直立した
高貴のふたり、裸形《らぎょう》ながらに威厳をそなえ、
生まれながらの栄誉をまとい、他を統《す》べ、
また統《す》べるにふさわしくみえた。ふたりの
神々しいまなざしに栄光の創造主《つくりぬし》のみ姿、
真理、知恵、いかめしくも純なる神聖が輝く。

（第四巻二八八―二九三行）

アダムとエバは他の被造物とは異なる特権をさずけられている。直立した高貴な姿で、他を統御することを託されたふたりの「いかめしさ」に、サタンは驚嘆する。その姿には「創造主のみ姿」さえあらわれている。じつはこの姿こそ、サタンじしんが求めた姿ではなかったのか。かれがこのふたりに羨望《せんぼう》を禁じえないのもむりはない。アダムは創造時にはこの統治権のほかに、「きよき理性」と「寛《ひろ》やかなる心」――雅量――をさずけられている（第七巻五〇八、五一一行）。これはアリストテレスの『ニコマコス倫理学』いらい、王者の条件とされていた美徳である。神はサタンなきあとの、いわば神の領域に、サタンに代わる分身をおいたということがいえるであろう。

さきにわれわれはサタンの姿に古典的・ルネサンス的英雄像を認めた。しかしここで、われわれはもうひとり（あるいは、ふたり）の古典的・ルネサンス的英雄像の持ち主に出あうのである。ただしこのほうは、キリスト教的色彩をひめた人物像（半神的）であることは、たしかである。

サタンはまずエバをアダムから切り離し、かの女への謀略に集中する。かの女の心を乱して、誘惑の場を出現させる。そこに手を出すことは厳禁とされる「善悪を知る木」に、エバは手をのべて、その「聖なる果実《このみ》」を摘《ちぎ》って、食べる。これは神への、決定的な不従順であった。エバは浮いた様子で、アダムのもとへ帰る。アダムの驚愕とふたりの言い争い。しかしアダムはけっきょく「肉の肉」たるエバとの「自然の絆《きずな》がわたしを引く」ことを強く感じて（第九巻九一四行、九五五―五六行）、エバの轍《てつ》をあえて踏み、創造主への不従順を敢行する。「きよき理性」をさずけられ、さらに

「謙虚にして賢くあれ」“be lowly wise”（第八巻一七三行）と教えられていたアダムが、夫として、またひとりの男として、妻を愛するがゆえに、自覚的に堕落の道を選択したのである。その男の責任こそ重大であることを、ミルトンは作品全体でうたっている。

神への不従順をおかしたふたりは楽園にいつづけることはできない。楽園は追われなくてはならない。しかしそのまえに、ふたりはそのおかした不従順の罪の重さに気づき、心をひとつにして、創造主にたいして悔い改めの祈りをささげる（第一〇巻　結び）。ここは、この作品でアダムとエバの心が一致した初めての段落である。アダムのことば――

「裁かれたところへもどり、神のみまえに
虔《つつ》しみひれ伏し、そこで心ひくく
われらの罪を告白し、みゆるしを乞いまつり、
いつわらぬ悔悛と柔和な謙遜のしるしに、
悔いた心の涙で地をうるおし、
われらの呻きで大気を満たそうぞ――
これ以上のことが、われらにできようか。
神はかならずや和《やわ》らがれて、ごきげんを

なおされよう。神のしずけきみ顔には、
み怒りの、最《い》ときびしく見えるときでさえ、
好意、恩恵、憐れみが光りかがようのだ」
　大父《おおちち》は悔いた心でこう言った。エバも
ともにふかく悔いた。ふたりはただちに、
裁かれたところへもどり、神のみまえに
虔《つつ》しみひれ伏し、心《こ》ひくくおのが罪を
告白し、みゆるしを請いまつり、
いつわらぬ悔悛と柔和な謙遜のしるしに、
悔いた心の涙で地をうるおし、
かれらの呻きで大気を満たした。

エバもともにふかく悔いたのである。その点でふたりのあいだに、なんの差別もない。ふたりは不従順の罪をおかしたことを認め、それを悔い、ともに神への従順へと立ち返る決意をくだしたのである。「悪のなかから善を」「選択」できるふたつの自律的個――『アレオパジティカ』の用語でいえば、「成人」――が、ここに成立したのである。

その後の人類の歴史が創造主の意思による救済史となることを、天使ミカエルの口から解説されるのは、この自律的な人格としてのアダムとエバなのである。ふたりはこれによって、こころが安らぎ、「悲しみつつも平和に」(第一一巻一一七行)、楽園をあとにする。作品全体の結び四行——

安息のところを選ぶべき世は、眼前に
ひろがる。摂理こそかれらの導者《しるべ》。
手に手をとって、さ迷いの足どりおもく、
エデンを通り、寂しき道をたどっていった。

この結び四行にみられるふたりの自覚的な信頼関係は堕落行為後の、あの異口同音の悔い改めの祈りを前提としている。『楽園の喪失』という作品のなかで、ふたりが自覚的に「手に手をとる」のは、作品全体をとおして、ここが初めてである。

思えばミルトンはアダムとエバの手の描写を、作品の重要な箇所で意識的に用いた。はじめサタンの目にうつったふたりは「手に手をとって通りすぎ」る姿であった(第四巻三二一、六八九、七三九行)。エバがその手をアダムの手から引くのは、夫にたいする不信頼、はては神への反逆を象徴する行為となっている(第九巻三八五行)。そのあとが、結び部分の「手」である。つまりエバがアダムからその手を引いて、誘惑のさなかでかの女なりの自立をこころみた瞬間に悲劇が起こり、最終部分にいたってふたりの手が結び合うまで、その悲劇は終わらない。ふたりの手が離れ、それからふたりの手が結び合うまでの一サイクルのあいだに、一篇の大きな劇《ドラマ》が展開したのである。

「喜劇」の英雄観

それにしても、この一篇の劇が始まり、終わる間に、ふたりの内面に起こったことを、もう少し探ってみたい。まず第一に、ふたりが常春《とこはる》の庭から荒野――歴史そのもの――のなかへ出てゆくことになった、ということがあげられよう。第二には、荒野へのその出立が、神話から歴史――救済史――への出立であることがいわれなくてはならない。第三に、ふたりは神の、いわば「操り人形」的存在たることを止めて、この時点では、荒野のなかで「安息のところを選ぶ」ことのできる人格――自律的個――を獲得しているということである。

この第三の点を、いま少し観察してみたい。この時点のふたりは、サタンが初めて目撃した、あ

楽園追放（野間傳治作、銅版画）

の古典的・ルネサンス的な英雄像をもったふたりではない。いや、あの人間像を範としながらも、ふたりは、アダムのことばによれば――

いまより知る、従うことはいと善しと、
畏《おそ》れをもって神を愛し、みまえにあるが
ごとくに歩み、摂理を守るということ、
創造物《みわざ》に恵みをたもう神にのみ頼りまつり、
善をもってつねに悪に勝ち、小事を用いて
大事をなし、弱いと思われるものを用いて
この世の強きを、こころ順なるものにより
この世の狡《さか》しきものをくじくことは、いと
善きことと。

（第一二巻五六一―五六九行）

――という人生観を身につけている。つまりこれは従順に徹して、摂理を守りぬくことを誓う人間であり、神が弱者を用いて強者をくじくことを信ずる人間である。「純なる神聖が輝く」「直立した」アダムらの姿とは、イメージが異なるのである（第四巻二八八―二九三）。不従順という弱さに堕ちて、そのあとで神の摂理に自覚的につらなることとの幸いを知ったものの、いわば一個の人間としての喜びの姿である。

まえにも引用した、作品全体のあの結び四行にみられる雰囲気を察知していただきたい。それは相当に未来展望的な内容である。「摂理」とは、今という時にはたらく神の啓示の力である。それに頼れるということは、神との新しい契約関係にくみこまれた証拠であり、それなればこそこのふたりの男女の、歴史内における個としての男と個としての女の関係も正常にもどることができるのである。いちどは神意にそむいた人間の、これは恵まれた結末というべきである（それを図像化すれば、一五世紀の画家マサッチョが「楽園追放」図で描いた悲嘆の始祖の姿はミルトンのふたりの姿とは、全く別のものをあらわしている）。だからこそアダムの物語は、悲劇ではなく、叙事詩になることができたのである。『楽園の喪失』は「聖なる喜劇」である。

かつて一六四二年にミルトンは『教会統治の理由』を出して、そのなかで（まえにものべたとおりに）「一国民に教義と範例を指し示す」に足る「キリスト教的英雄の型」を提示することを願うと告白している。それから二十余年をへて出来上がった『楽園の喪失』は、それとは全く別の人間像をつくり上げる結果となった。この間に、作者の英雄観の変化があったことがわかる。かれは「キリスト教的英雄の型」をつきぬけて、堕落のゆえに半神話の世界を追放され、しかし神への従順を心にひめて、赤裸々な時間のなかに、れっきとした人間として放り出される始祖の歩み方のなかに、「知恵の／頂点《いただき》に達した」もの（第一〇巻五七五―五七六行）の姿を認めた。そしてそれにいたる忍苦の過程を「いと高き勝利にいたる勇気」（第一二巻五七〇行）のわざと評価する。ミルトンの英雄観は、ここにいたってきわまったというべきである。それは喜劇の英雄観ともいうべきものであった。

主人公アダム

「ミルトンは真の詩人であって、われ知らずサタンの隊《て》についた」という名言をはいたのは、詩人ウィリアム＝ブレイクであった。ブレイクがこう書いたのは、ミルトンが悪魔軍や地獄を描くときの自由な筆致に感嘆してのことである（『天国と地獄の結婚』、一七九〇年ころ）。ミルトンが思想面でサタンの徒であったとは考えられないが、サタンを描くミルトンのペンが生き生きとしていることは、たしかである。

地獄に落とされたのち、まずわれに返ったサタンが、「戦いに敗れたといって、それがなんだ？」にはじまる名セリフをはくその段落は、本章の前段ですでに引用した。そのセリフのなかにある「神」をチャールズ二世と読みかえたとする。すると、とたんにこのセリフは、王政復古期のミルトンのことばへと一変する。

混沌界《カオス》を通りぬけ、宇宙の外縁に到着し、さらにその中心である地球にたどりついたあとで、楽園のなかに仲むつまじいアダムとエバを発見したときの、嫉妬に苦しむサタンの告白は、サタンの人間性（？）を表現しているといって、さしつかえない。

憎い光景、悩ましい！　ふたりは
こうしてたがいの腕のなかに楽園を見いだして、
より幸いなるエデンを楽しみ、至福に至福を
重ねるがいい。わしときたら地獄に落とされ、
喜びも愛もなく、いくたの苛責《かしやく》のなかでも
激しい欲望が、満たされることがないばかりに、
かえって憧れの苦痛でわしをさいなむ。
…………………
……生きよ、いまのうちに、幸いの
おふたり。わしがもどるまでのこと。たまゆらの
楽しみを味わえ。そのあとは長い悲しみが――　（第四巻五〇五―五一一、五三三―五三五行）

ここにあらわれる生々しい感受性は、ルネサンスの教養人たるミルトンのものだ。かれはこんなに自由に、神やキリストを描くことはない。このへんの筆づかいだけを観察していれば、たしかにミ

ルトンは「われ知らずサタンの隊《て》についた」といいたくなる。ただ読者は、サタンの声は詩人としてのミルトンがもつひとつの声にすぎないということを弁《わきま》えておく必要がある。サタンが叙事詩全体の主人公であるというような単純な見解に走ってはいけない。

この叙事詩はそもそも――

人間《ひと》がはじめて不従順の心を起こし、禁断の
果実《このみ》を味わった結果、われらは楽園《エデン》を失い、
世に死と、あらゆる苦しみをまねいた。
だがやがて、並ぶものなく偉《おお》いなる人間《ひと》が
われらを贖《あがな》い、至福《さきわい》の座を取りもどしてくれる――
うたえ、天《あま》つ詩神《ムーサ》よ、この出来事を。

――とはじまっている。つまり人間の罪は、やがて神の子の死をもって贖われるという救済史的歴史観を宣言することで、この作品ははじまるのである。じじつアダムとエバは禁断の果実をたべることによって、創造主への不従順をおかし（第九巻）、楽園の追放（第一二巻）は決定的となる。

それだけのことであったとすれば、この作品は悲劇に終わったことであろう。つまり叙事詩とは

ならなかったはずである。しかしこの作品を悲劇にはさせない構造が、作品そのもののなかに仕組まれているのである。それは問題の第一一巻から第一二巻にかけての、天使ミカエルによる歴史叙述である。ミカエルはここで天地創造にはじまり、神の子の受肉、死、復活、昇天、再臨にいたる歴史を語る。これは歴史といっても、人類救済史である。それを聞いたアダムはこの救済の約束に、こころ満たされ慰められ、ミカエルとともに山をくだる。

ああ、限りなき愛、広大なる愛！
悪よりこの一切の善を生み、
悪を善に変えるとは。
……………
み許しがみ怒りのうえに豊かにあふれることを
喜ぶべきなのか、わたくしはただ迷いに迷う。

（第一二巻四六九―四七一、四七七―四七八行）

いわば「幸いの罪」*felix culpa* を知ったものの、喜びの告白である。ふたりはこの喜び――「はるかに幸《さち》多き楽園」（第一二巻五八七行）――をうちにいだきつつ、楽園の門を出る。これは楽園の追放であると同時に、神話の世界をあとにしてこの俗世へと出発するふたりの人間の誕生の瞬間でもある。おそらくミルトンはこのふたりのこの瞬間を口述しながら、王政復古の「荒野」のなかへと出てゆかざるをえないわが身と、共和政支持者たちの姿を、「われ知らず」描出する結果となったのであろう。『楽園の喪失』の主人公はアダム（とエバ）である。サタンではありえない。

叙事詩の文体

『楽園の喪失』は全体で、やく一万六〇〇行の大作である。大作であるが一七世紀の教養ある読者はこれをけっこう楽しんで読むことができたであろう。またその背後に、これが朗読されるのを耳で聞いて楽しむことのできた層があったことであろう。もっとも次の世紀にはいると、この作はそうとうにむつかしい古典となっていたらしい。かのジョンソン大博士も、皮肉をまじえながら、「この作はこれ以上の長さでなくてよろしい。それを読むことは喜びというよりも義務なのだ」と書いている。博士はまた、読者はこの作に使われた「新しいことば」に驚かされる、とも書いた（『ミルトン』一七七九年）。ジョンソン博士のあと、ロマン派の詩人たち、さきにもふれたブレイクやフランス革命の新影響下で詩想をねったワーズワスたちの世代は、たとえばサタンの「地獄での君臨は天国での隷従よりは増《ま》しじゃ」（第一巻二六三行）ということばに代表される反逆精神とともに、ミルトンの荘重体そのものを支える、詩人の語りの文体に感銘した。そこにイギリス革命の闘士であった詩人の息づかいを感得したのである。作品が読者をひきつけるのは、その作品の文体に読者がひきつけられるからにほかならない。

それならば、この作品の文体とは何か。この作品の文体の成立過程については、すでにのべたので、ここではこの叙事詩の文体のいくつかの例に、実際にあたってみよう。まず、叙事詩であるからには、ホメロスいらいの伝統による直喩《シミリ》法が用いられている。その一例は、サタンが地獄への遠征のはじめに、まずひとりで地獄門へと近づく、そのひとこまである。かれは、

　　わびしきところ、
凍てついた山々、燃えさかる山々、
岩、洞、湖、沼、沢、穴、死のかげ――
見わたすかぎりの死の世界。のろいつつ
神が造りたもうた死の世界。
（第二巻六一九―六二二行）

を飛んでゆく。引用の第三行目は、

Rocks, Caves, Lakes, Fens, Bogs, Dens, and shades of death

とあって、全作品中、最長の一行である。暗黒の世界をゆく大魔王の苦闘の旅の模様が、切れ切れの単語の、激しい音韻の重畳をとおして読者の心象に、また聴者の聴覚に伝わってくる。

　　　　　　　　　　　ときには
右手《めて》を、ときには左手《ゆんで》をあさり、
ときには水平に、深淵すれすれに飛び、
それから火の円屋根へと急上昇する。
たとえてみれば、ベンガルより、また商人《あきうど》が
香料をもたらすテルナーテやティドーレの島々より、
彼岸《ひがん》のころ、貿易風にのって船団が進み、
沖合はるか、雲に懸《かか》って見え、また
八重《やえ》の潮路《しおじ》のインド洋を、エチオピアの
沖から喜望峰へ向けて、ぬばたまの夜を
南極の方向へ、波を蹴って急ぐ。遠くを飛ぶ
悪鬼は、そのように見えた。

（第二巻六三二―六四三行）

地獄の暗黒の海をサタンがゆく有様は、いざ叙述するとなると難しい。その難事を、詩人ははるかインド洋上をゆく船団を遠望するという視点を採用して描いてみせる。このホメロスふう直喩法のおかげで、ミルトンはサタンの長途の旅を視覚化することができた。と同時に、サタンを可能なかぎり矮小化《わいしょう》することに成功している。このサタンはどうみても、あの大言壮語に終始した万魔殿《パンデモニウム》での偽英雄的首領ではない。

読者の脳裏でこれほどまでに矮小化されたサタンは、次には地獄門で、大門の前に居すわる二形《ふたなり》の異形《いぎょう》のものに捕まる。ひとつは〈罪〉という名の妖女。他は〈死〉。〈罪〉はサタンの娘である。その〈罪〉である女の語るところによると、〈死〉はサタンが娘〈罪〉にはらませた子なのだという。これは地獄の、いわば近親相姦的な三位一体であり、天上の三位一体にあい対するところの、いかがわしいパロディをなしている。ここでサタンは倫理的にも矮小化されてしまう。

地獄門を出たサタンの前には、天国とのあいだに広漠たる淵《ふち》が立ちはだかる。それは混沌界《カオス》である。サタンは、しかし、もう戻れない。危険にみちた長途の旅は覚悟のうえであった。

怪獣が丘を越え、湿潤の谷を越え、翼を駆って
荒野を追いさがすように、悪魔は熱心に
沼地・絶壁を越え、狭いところ、

荒いところ、濃いもの、薄いものを通り、
首、手、翼、足をはたらかせて道をひらき、
泳ぎ、沈み、踏みわたり、匍《は》い、また飛ぶ。
（第二巻九四五―九五〇行）

ここでは「高位の者にともなう義務」を感じて、「この企てに、同伴《とも》は／要《い》らぬ」（第二巻四六五―四六六行）と豪語した、あのサタンの姿は想像もできない。まるでミズスマシかゲンゴロウの動きを思わせる、いじましいばかりの仕ぐさの生き物に堕している。

ふたりの人間を欺いて、禁断の果実を口にさせるのは、このサタンなのだ。弁舌さわやかなヘビの形をとるサタンであるとはいえ、このサタンの誘惑に負けるとは！　それだけ人間の愚かさが浮きぼりにされることになる。まず、エバ――

かの女は、禍《わざわ》いの時に、
不覚にも手を果実《このみ》に伸ばし、摘《ちぎ》って、食べた。
大地は痛みをおぼえ、〈自然〉もその座から
万象を通じて嘆きをつたえ、悲しみの徴《しるし》を示した、
万物失われたり、と。狡《さか》しき蛇《へび》は退いて

茂みへ忍びうせた。
（第九巻七八〇―七八五行）

引用の第三行目から原文を引くと、

Earth felt the **w**ound, and Nature from her **s**eat
Sighing through all her **W**orks, gave **s**igns of **w**oe,
That all **w**as lost.

とある。長母音・重母音を基調とするゆったりとした詩行のなかに、沈うつな調子のw音が、ヘビの発話を感じさせるs音とまざりながら、何回か繰りかえされる。読者（聴者）はことばの意味からばかりでなく、いやそれ以上にことばのもつ音楽的効果によって、「万物失われたり」の感をふかめる。

エバは堕ちた。浮き浮きしたおももちのエバを迎えて、アダムの苦痛は深刻であった。

エバのために編んだ花環は、力の抜けた
手から落ち、ばらはみなうち萎《しお》れて、散った。
（第九巻八九二―八九三行）

From his slack hand the Garland wreath'd for Eve
Down dropp'd, and all the faded Roses shed.

愛の象徴たるばらの、しかも「花環」――神の完全性のかたち――が、アダムの手から落ちる。その視覚上の落下を、つよく肯定するのが、d音の陰うつな響きの繰りかえしである。アダムの精神的衝撃は烈《はげ》しかった。即座にふたりは争いをはじめる。しかしアダムはエバとの「自然の絆《きずな》」に引かれて（第九巻九一四行、九五六行）、自覚的に禁断の果実を口にする。

地獄へと帰還したサタンは万魔殿《パンデモニウム》の大聴衆を前にして、得意然として「われ勝てり」とばかりに大演説をぶつ。ひとり大遠征をはたして凱旋《がいせん》した将軍のヒロイックな姿が、そこにはあった（チャールズ二世が流浪の一〇年のあとでロンドンに帰還し、ホワイトホールで晴れて大演説をおこなった、そのときの姿はかくもあらんと想像される）。演説を終えて万雷の拍手、歓呼の声のとよもすのを、サタンは待つ。が、驚くべし。聴衆はすべてヘビと化し、響きわたったのは「あたり一面、かぎりなき舌から発する／怖ろしき叱声、公衆の悔蔑の舌であった」（第一〇巻五〇七―五〇九行）。そのあと、やく八〇行にわたってミルトンはs音もしくはsh音を響かせる詩行を重ねてみせる。それはヘビの発話の世界である。「喝采《かっさい》は歯音の野次と化し」（第一〇巻五四六行）という現実を、音楽的に現出せしめるのである（この場がチャールズ二世の帰還への、それとない言及であるとすれば、これはまたなんという風刺のシーンであることか）。

ヘビの音声の充満する第一〇巻は、しかし、その結びの段落で、アダムとエバが、こんどは創造主にたいして自発的に悔い改めの態度をとり、ゆるしを乞うための祈りをささげる。堕落後は、いったんは自殺を提案したほどのエバであったが、ここでこの祈りのシーンを迎えることができたのであった。ヘビの歯擦音のとよもす暗黒の世界を通りぬけたそのすぐあとで、読者は、地球の中心たるエデンの園でこのふたりの声を合わせた祈りの場に案内される。ふたりの到達した謙虚さが、サタンの尊大さとはまさに相対する方向をとって、叙事詩第一二巻後半の「従うことはいと善し」（五六一行）という告白に直結していく。天使ミカエルはこの態度を「知恵の／頂点《いただき》」（五七五―五七六行）と評する。この知恵の世界に、もはやあの歯擦音はきこえない。

ミルトンは「目」――視覚的想像力――も「耳」――聴覚的想像力――も（その他の感覚とともに）すぐれていた。こういうことをここでいうのは、かつてT・S・エリオットがミルトンの「目」を全く信じなかったということがあるからである。ミルトンの視覚的想像力はその失明によって失われ、かれを聴覚一点張りの詩人とさせた、というのが、エリオットのそもそもの主張であった。[*3]この議論が誤っていることは、これまでのべてきたことによって明らかであろう。この点はロマン派の批判家であったハズリットのほうが正しい。ハズリットはミルトンの音楽的想像力が視覚的想像力を凌《しの》いでいることは認めたうえで、しかしミルトンが個別の事物を描写するときの絵画性を重視するのである。この議論はハズリットがミルトンの生気《ガストウ》を主張する文脈のなかでいわれたものである。[*4] ミルトンは視覚的想像力も、持てるものを総動員して、各種の声が共鳴しあう独特の文体を練りあげて、『楽園の喪失』の世界を構築したのである。

文体は文学世界の支柱であるが、それは想像力にのみ頼るものでないこともたしかである。ミルトンの叙事詩に話をもどせば、あのサタンがアダムとエバを罪へ堕として、地球を去るときの模様を観察してみよう。地獄の門守である〈罪〉と〈死〉とは、サタンの大事業が成功裏に終わったことを察知して、混沌界《カオス》に「広き大道」、つまり橋を架けて、首領の帰還をまつ。詩人はその「巨大な構築物」をホメロスいらいの直喩《シミリ》をつかって、堂々と描いてみせる。

クセルクセスがギリシアの自由を束縛せんとして、
メムノンの宮廷のあるスサを出立して
海にいたり、ヘレスポントスの海峡に橋を架け、
ヨーロッパをアジアと結び、怒れる波を
いくたびか鞭《むち》で打った故事にたとえられよう。

（第一〇巻三〇七―三一一行）

紀元前四八〇年のこと、ペルシア皇帝クセルクセスがギリシア攻めを敢行したとき、ヘレスポント

スの海峡（ダーダネルス海峡）に橋を架けて渡ろうとした。その橋を強風が壊す。怒ったクセルクセスは、〈海〉に三〇〇の鞭打ちの刑を課した。これは紀元前五世紀の史家ヘロドトスが『ペルシア戦役』第七巻に記した話である。じつに堂々とした英雄的な逸話である。凱旋将軍サタンを迎える橋として、まことにふさわしい「勝利の記念《かたみ》」（第一〇巻三五五行）ではある。

ここまでは、よろしい。問題はその次の数行である。〈罪〉と〈死〉の異形《いぎよう》の二形《ふたなり》――

ふたりは、惑える深淵にかかる隆起岩を、
サタンの足跡をたどりつつ、驚くべき架橋《かきよう》の
術を用いて構築し、サタンがはじめて
飛翔《ひしよう》の翼を休め、混沌《カオス》から安らけく
降《お》り立ったところ、つまりこの円《まる》い宇宙の
外殻《がいかく》の、もの無きところにそれを接《つ》けた。

（第一〇巻三一二―三一七行）

さらっと読み進めてしまえば、どうということのない叙事詩的詩行である。ところが、ここで用いられた「架橋の」という形容詞 “pontifical”（“pontiff”の、つまり「主教の」、「ローマ主教の」）が問題なのだ。この語にミルトンは *pons*「橋」― *facere*「つくる」という意味を盛りこんだのであ

る。「橋をつくる」のなら、ほんらいは“pontific”という形容詞を用いるべきであって、じじつミルトンも『アレオパジティカ（言論の自由論）』（一六四四年）では、その意味でこの語を使っているのである。それなのに『楽園の喪失』の第一〇巻では“pontifical”を使った。こういういたずらをした最初の人物は、ミルトンであったのかもしれない（『オックスフォード大辞典』では、ミルトンのこの箇所が初出の例）。

同時代のローマ・カトリック教の立場には敵意さえいだいていた詩人の作であるから、全体的にいって反ローマ的傾向をもっていたことはいうまでもない（ただしミルトンがルネサンス期の思想家として、時代の思潮のなかに吸収され共通の文化遺産となっているキリスト教的思潮を引きついでいることは、当然のこととして認めなければならない）。そればかりでなく、ローマにたいして不敬としかいいようのない段落が、いまの「架橋《ポンティフエクス》」以外にも多々出るのである。たとえば万魔殿《パンデモニウム》でのサタンらの討議を、ローマ教皇庁における「コンクラーベの密議」に擬したり（第一巻七九五行）、カトリック修道僧らを「愚者の楽園」の住者とする段落（第三巻四七三―四九七行）などは、その例にはいるであろう。

さらに手きびしいのは、相手がイングランド国教会のばあいである。ローマにたいする風刺は、たしかに痛烈である。しかし、どこかに一種のユーモアを感ぜしめる趣向の風刺である。ところが対国教会の風刺となると、まことに辛らつにして腹にこたえる痛罵《つうば》となる。たとえば国教会（の聖職者）をおおかみや大盗人にたとえるくだり（第四巻一八三―一九三行。第一二巻五〇七―五二二行）。国教会聖職者を暗示する〈死〉の貪欲の胃袋の叙述（第二巻八四五―八四八行。第一〇巻五九七―六〇一行、九八九―九九一行）。「調和と自然の法」の敵とされるニムロデがステュアート王家を指していることは、すでに言及したところである（第一二巻二四―三七行）。ミルトンは公然と、『偶像破壊者』（一六四九年）のなかで、チャールズ一世を専制独裁者の狩人ニムロデにたとえていた。

注

*1――この問題にかんしては拙著『ミルトンの世界』（研究社出版、一九八〇年）の序章、もしくは拙訳『楽園の喪失』（大修館書店、一九七八年）の「解説」をご覧いただければ幸せである。

*2――このことについては拙著『ミルトンの世界』（研究社出版、一九八〇年）、一八九ページ前後をご覧いただきたい。

*3――"Milton", 1936. *On Poetry and Poets* (New York, 1957).

*4――"On Shakespeare and Milton," *The Complete Works of William Hazlitt*, ed. P.P. Howe (London, 1930), V, 61; "On Milton's Versification," *Complete Works*, IV, 39.

第9章　最後の二作品

エルウッド

一六六五年はロンドンに大疫病のはやった年である。ミルトンはその災禍をのがれて、ロンドンの西方バッキンガムシャーのチャルフォント・セント・ジャイルズに居を移していた（現在、ミルトン・コテッジとよばれる家である）。若い友人のトマス＝エルウッドがその仮寓にミルトンを訪れたのは、その年の、おそらく八月のことである。その折りにエルウッドは、詩人から『楽園の喪失《パラダイス・ロスト》』の原稿を見せてもらったという。その作品の感想をのべるついでに、エルウッドは、こんどは「楽園の回復《パラダイス・リゲインド》」をテーマとする作品をおつくりになってはいかがですか、と勧めたところ、次に詩人を訪ねたときに、『楽園の回復』という叙事詩を見せられた。「これが出来たのは、きみのおかげだ」といわれたという。エルウッドが自伝のなかで記していることである。かれの証言をまともに受けとると、この作品は一六六六年には完成していたことになる。しかしこれは、すこし幅をもたせて考えるほうが、エルウッドのためにも親切かと思われる。というのは、詩人の甥にあたるエドワード＝フィリップスは、この作品は『楽園の喪失』の出版後に口述が開始されたと記している。おそらくこのほうが当たっている。ミルトンは『楽園の喪失』の出版に相当の神経をつかったはずで、その出版以前に次の叙事詩の完成をみていたとは考えにくい。『楽園の回復』の本格的な口述は一六六七年以後の開始とみるのが穏当である。

『楽園の回復』の「誘　惑」

『楽園の回復』は主人公イエスの「荒野の試練」（ルカ福音書四章）を台にした作品である。主人公はパンの誘惑、王国の誘惑、塔の誘惑をうける。しかしミルトンの作品のなかでは、第一の誘惑と第三の誘惑は、いわば導入部と結論部をなすにとどまり、第二の誘惑が中軸となって展開されている。その第二誘惑部を内容的に分析してみると――

1. 饗宴　第二巻三〇二行以下
2. 富　第二巻四一一行以下
3. 栄誉　第三巻二五行以下
4. イスラエルの解放　第三巻一五二行以下
5. 知恵（学問）　第四巻二二一行以下

となるであろう。

これだけの誘惑をキリストは避けたことになるのであるが、この誘惑の種類と内容をみると、ミ

チャルフォント・セント・ジャイルズ（バッキンガムシャー）のミルトン邸（ここで『楽園の喪失』を完成）

ルトンをふくむルネサンス知識人たちが、当時なにを誘惑と考えていたのか、ということがわかる。誘惑のテーマはミルトンとしては一七歳の作「一一月五日に」（一六二六年）なるラテン語詩いらいのテーマである。「コウマス」はそのテーマを用いての大作であった。そしてアダムとエバの叙事詩。さらに『闘技士サムソン《サムソン・アゴニスティーズ》』。こうしてみると、このテーマは詩人の生涯をとおしての課題であったことがわかる。

『楽園の回復』のキリストは、しかし、サタンの誘惑にゆらぐことはない。それは『楽園の喪失』のアダムのばあいと異なり、誘惑にあっても、それをそらすだけの論理的かつ倫理的基盤を身につけていたということなのであろう。キリストがサタンからの申し出を誘惑ととるか否かの見きわめは、かれじしんがサタンに答える短いことばに集約されている。「備えるひとに／よりけりだ」（第二巻三二一―三二二行）。つまり饗宴の申し出をうけても、それが饗宴なるがゆえに誘惑なのではなく、サタンが差し出す饗宴なるがゆえに誘惑となるのである。あるものが提供されるばあい、それが「上からの光、光の源からの光」(第四巻二八九行)に照らされているものか否かが、それが神からの賜与か否かの判断の基準となってくる。いま引用したふたつの箇所は、この第二誘惑部全体の初めと終わりの部分に配置されていたイエスのことばであって、いわば全篇の中心部分をくくる額縁の役目をはたしているといえよう。

詩人はこの叙事詩をはじめるにあたり、次のようにうたい出ている。

ひとりの不従順が原因《もと》で喪《うしな》った幸福《さいわい》の
園《その》のことを、さきにはうたったが、今度《こたび》は
ひとりの人間《ひと》が、堅き従順に拠《よ》り、誘惑《こころみ》の
一切に堪え、誘惑者《こころむるもの》の一切の奸計《たばかり》をくだき、
それを撃《う》ち、かつ退《さ》け、荒寥《こうりよう》たる荒野のなかに
楽園《エデン》を打ち樹《た》てて、人間《ひと》ことごとくのために
楽園を回復したまいしことをうたおうとする。

ここで明瞭な表現をえている主題は「堅き従順」である。『楽園の喪失』の終結部でアダムが到達した「従うことはいと善し」(第一二巻五六一行)の精神が、『楽園の回復』の冒頭に引きつがれて

いるといえる。そしてさらにこのモチーフは、イエスの「謙遜と堅き忍耐」像（第一巻一六〇行）、さらにはヨブを脳裏においた「聖徒の忍耐」（第三巻九三行）の主張へと受けつがれていく。これはいわば神の杖に打たれ、低くされたイエスが、神の側からあたえられる基本姿勢なのであって、この姿勢が備わっていなければ、せっかくあたえられる「光の源からの光」を、そもそも「上からの光」とうけ取ることはできない。「従順」、「忍耐」は、「上よりの光」の、いわば受け皿であるといえる。主人公イエスは、この美徳を身につけることで、三誘惑を避けることができた。

「簡潔な叙事詩」　この作品は『楽園の喪失』にくらべて劣る、という評価は、その出版当初からあった。しかし作者としては、その種の評価は我慢がならなかった。これも甥のエドワードが伝えているところである。しかしそういう評価ばかりではなかった。とくにジョンソン博士が、「これがミルトンの作でなかったとしたら、世界中の称賛をかちえたことであろう」と書いたことは、おそらく正鵠《せいこく》を射ている。ロマン派の詩人ワーズワスにいたっては、この作品を、「ミルトンの書いた最高の作物」とまでたたえている。しかし、たしかに規模においては前の作にくらべられない。前作のもつ規模の雄大さ、そこに登場し活躍するものたちの活力、心の動きの描写、思想の広さと深さ、措辞の巧妙と豊富、なかんずく創造力の大きさは、格別である。しかしこの大作と『楽園の回復』とを、なんらの前提もなしに比較することは、文学史上の常識を無視することになり、公平ではない。つまりミルトンは「浩瀚な叙事詩」と「簡潔な叙事詩」とを、初めから区別している。かれが「浩瀚な叙事詩」として考えているのは、古典叙事詩とその系譜にぞくするもので、近くはスペンサーの『妖精の女王』などはその類いにはいるものであった。「簡潔な叙事詩」のジャンルとしては、たとえば「ヨブ記」のような作品を頭に描いていた。

「簡潔な叙事詩」の世界に、この作品を位置づけてみると、その視点からいくつかの特徴があげられる。第一は、主人公イエスは、ヨブ的な忍耐像の深化の道を歩む。いうなれば「聖徒の忍耐」の完成の域にむかっての旅路を歩むかたちをとっている。ここにはルネサンス叙事詩に共通の「探求の形式」が認められる。第二は、この作品はイエスとその時代にかんして、ミルトンの同時代人のいだいていた知識の総体を要約している（地球上の知識でいえば、こと地球にかんするかぎり、前作にくらべても格段の規模のものである）。第三に、文体にかんしてであるが、この作品にはイエスとサタンの弁論というわく組みがあり、新約聖書の雰囲気を前提としないわけにはいかない。この事情を勘案してみると、文体が全体的に論理的、散文的、厳粛であることはとうぜんである。それでありながら、ふたりの登場人物の語り口が、その場その場に応じて多様に変質し、そのうえ、たとえば饗宴の場、あらしの場などで語り手の文体も変化してゆく様子は、聞き手をじゅうぶんに楽しませる。これらいくつかの特徴は、『楽園の喪失』にも認められた特徴であった。主人公を一七世紀知識人の「範例」に仕立てたこの『楽園の回復』は、「簡潔」とはいえ、叙事詩の資格を有

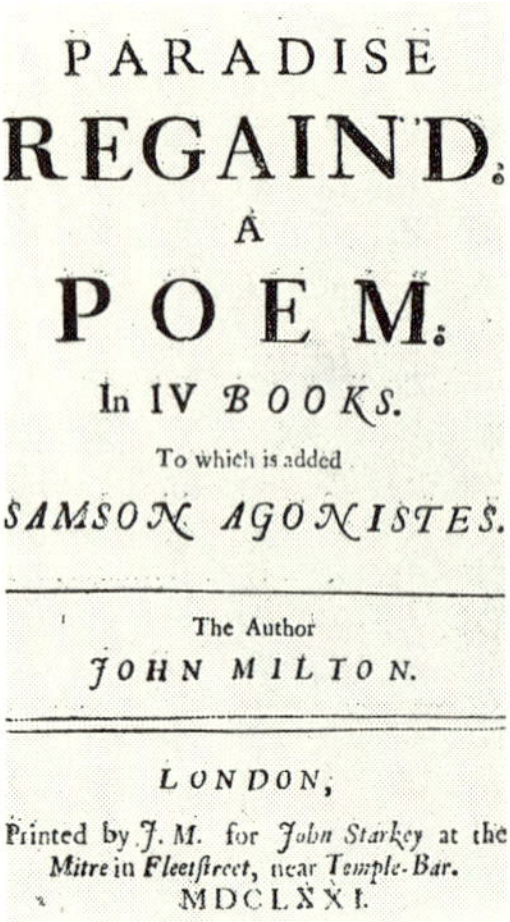
PARADISE
REGAIN'D.
A
POEM.
In IV BOOKS.
To which is added
SAMSON AGONISTES.
The Author
JOHN MILTON.
LONDON,
Printed by J. M. for John Starkey at the
Mitre in Fleetstreet, near Temple-Bar.
MDCLXXI.

『楽園の回復・闘技士サムソン』(1671年)

する作品であったことがしられるのである。

サムソン――忍耐像の深化　『楽園の回復』は、主人公イエスを、ヨブに象徴される忍耐の姿を達成した人物としてたたえる作であることは、以上のべたとおりである。その忍耐像をさらに徹底させた姿が『闘技士サムソン』の主人公である。旧約聖書の「士師記」第一三章から第一六章に記されているサムソン物語を台にした話である。ペリシテ人にたいするイスラエル側の闘士として神の召しにあずかったサムソンが、ペリシテ人の娘デリラを愛するにいたる。けっきょく、その女の甘言に惑わされたサムソンはその怪力を抜かれ、ペリシテ人の司直の手にゆだねられる。目を抜かれて失明したサムソンの嘆きのことばで、この作品ははじまる。

サムソン　もう少し先まで、手を貸してくれ、
盲人《めしい》の歩みのために、いますこし先まで。
向こうの堤には日だまりも日かげもあり、

奴隷の苦役から解かれるようなときには、よく
そこへすわることにしているのだから。
ふだんは雑居の獄屋《ひとや》につながれて、日々、苦役に
服すの身。獄屋《ひとや》によどみ、毒を放つ
不健康の空気さえ、思うように吸うことは
できない。でもここへ来れば、ほっとする。
東雲《しののめ》どきの、さわやかに天が息吹《いぶ》く
清新のそよぎ。ここでひと息いれさせてくれ。

この出だしの部分を謡曲「景清《かげきよ》」のシテの出、藁屋《わらや》のなかでの悲痛な独白に見立てたのは、故福原麟太郎氏の炯眼《けいがん》である（『英文学』一九五一年）。これがこの作品におけるサムソンの心情の最低の状況である。ここから始まって、やがて「なにか心をかきたてる衝動《うながし》」（一三八二行）を感じとり、ダゴンの神殿に行き、「気高《けだか》い死」（一七二四行）をとげるにいたる、高揚した精神状況に達して、ひとつの劇が完成する。

ギリシア悲劇ふう　『闘技士サムソン』はギリシア悲劇ふうの構造をなしていて、五幕ものである。それを次に図示してみよう（プロロゴスは導入部。パロドスとは舞唱団《コロス》の入場歌。エペイソディオンは演技の部分。スタシモンは舞唱団《コロス》の歌舞の部分。エクソドスは、もともと舞唱団《コロス》がうたいながら退場する部分であるが、のちにはそれが台詞《せりふ》であってもよくなり、また舞唱団《コロス》のみの役割りではないばあいもある。コムモスはがんらい主役と舞唱団《コロス》の愁嘆の場である）。ミルトンの形式は典型的なギリシア悲劇からみると、かなり自由である。

プロロゴス	一―一一四行
パロドス	一一五―一七五行
第一エペイソディオン（サムソンとコロス）	一七六―二九二行
第一スタシモン	二九三―三二九行
第二エペイソディオン（サムソンとマノア）	三三〇―六五一行
第二スタシモン	六五二―七二四行
第三エペイソディオン（サムソンとデリラ）	七二五―一〇〇九行
第三スタシモン	一〇一〇―一〇六一行
第四エペイソディオン（サムソンとハラファ）	一〇六二―一二六七行

第四スタシモン　一二六八―一三〇七行
第五エペイソディオン（サムソンと役人）　一三〇八―一四二六行
第五スタシモン　一四二七―一四四四行
エクソドス　一四四五―一六五九行
コムモス　一六六〇―一七五八行

この区分けはこうと決まっているわけではなく、比較的に穏当と思われる線を紹介したまでである。ミルトンがギリシア悲劇ふうの作品を制作したということは、ギリシアの知恵も、それがサタンの奸計に用いられるのではなく、「上からの光」の擁護のために用立てられるものであるならば、詩人の尊敬の対象となりうることを、みごと立証していることになる。

「衝　動」への従順　サムソンにたいする試練はマノア、デリラ、ハラファによってもたらされる。前作のイエスにたいする試練が、パン、王国、塔の誘惑にもとづくのと同様に、三重の組み立て方になっていることがわかる。両者のこの三重の試練の背後に、一七世紀における誘惑の神学思想を想定する論者が出てくる所以《ゆえん》である。ただしミルトンは前作においても第二の誘惑を中心に据えた。三つの試練を等価値に扱ってはいないのである。それと同じくこのギリシア悲劇ふうの作品においても、デリラによる誘惑を中心に据えている。行数の振りわけ方からしても、そういえる。

『楽園の回復』の第二誘惑部を囲むように、その初めと終わりの部分に、ふたつのことばを配置して、試練にたいするイエスの基本的態度を言明していることは、すでにのべたとおりである。じつはそれとほぼ同じことが、この劇詩にかんしても観察しうるのである。第二スタシモンのコロスは、サムソンに「忍耐こそ、このうえなく真実の勇気なり」ということばを引いてみせる（六五三行）。そしてデリラの誘惑、その後の退場。デリラとの苦しい対決のあとで、コロスが主人公にあたえることばは――「忍耐は聖徒たちを練《ね》るもの、／かれらの勇気の試練たるもの」である（一二八七―一二八八行）。（忍耐の概念は、すでにふれたように、一六五二年の失明後のミルトンにつよまった考えである。）この作品では中心部の誘惑行為の前後に、「忍耐」を勧めることばが控えていることになる。そしてこのふたつのコロスが、第一エペイソディオン以後の全篇をほぼ三分割する構造となっている。このふたつのコロスをふたつの軸として、サムソンは逆境たる世俗のなかで、忍耐の人格として完成され、「心の平安」（一三三四行）を得、やがて「なにか心をかきたてる衝動《うながし》」（一三八二行）に出あう。そしてやがてペリシテ人への復讐、覚悟の死。その行為はコムモスの部分で、勝利の死、英雄の死とたたえられる。神に遺棄されたという悔恨の念にさいなまれていたサムソンが、最後は神に促されて、ひとつの行為に出立する。神との関係が回復されたのである。

　この作品には感情がこもっている。その点が『楽園の回復』と違う。感情がこもるだけの理由があった。劇形式なのだから、ことばのやりとりのなかに劇としての高まり、緊張がそもそも要求されている。複数の誘惑者が、それぞれ強靭《きょうじん》な論理をたずさえて、主人公に迫ってくる。それを退けるには、強靭な論理と心の高まりが必要である。それになによりも、主人公は詩人みずからと重要な共通点をもっている。盲目。それもおのが民《たみ》の擁護の業のあとの失明、という意識。主義を異にする相手側から妻を迎え、その妻に裏切られたという被害意識。おのが身の危険。これだけ条件が整えば、作者として、主人公との共通性を感じないわけにはいくまい。しかもサムソンという人物とは、過去にやく三〇年間にわたるつきあいがある。サムソン物語はこの作者にとって、とっておきの素材であり、この劇詩の制作は、詩人にとってはむしろ楽しかったにちがいない。詩人はみずからとほぼ同規模の主人公に初めて出あって、その主人公を扱いつつ、この「世」のただなかで摂理の「衝動《うながし》」を導者《しるべ》とする生き方の現実とその意義とを、熱誠をかたむけて表現することができたのである。

女性蔑視か？

ここでひとつ考えておかなくてはならないことがある。そ

デリラの訪問を告げられるサムソン
（野間傳治作、銅版画）

れはこの作にデリラという女性が登場することと関係がある。その人物にかんしては、ミルトンの扱い方は、すこしひどいのではないか、という非難があり、その流れのはてに、ミルトンは女性蔑視論者ではないのか、という極論までもちだされる。しかし、一般論として、虚構としての作品に出る登場人物の台詞や、人物の扱い方が、ただちに作家個人の思想を表現しているのか、という問題となると、すこし慎重な考慮が要求される。これだけを、まず申しのべておいて、デリラの登場の部分に目をむけてみよう。

コロスがデリラの接近をサムソンにつげる——

だが、これはなんだ、海のものか、陸のものか。
なにか女性《にょしょう》のごとくに見える。
飾りたて、めかしたて、華美《はなやか》に装い、
こちらへとご入港だ。
さながらタルシシの船が堂々と
ヤワンの島々かカディスの港へと
向かうおりしも、美装をこらし
装身具《したく》をととのえ、

真帆《まほ》ゆたかに、吹き流しをひらめかし、
戯れる風に言いよられながら
芳《かぐわ》しき龍涎香《りゅうぜんこう》の香を先触れとして立て、
侍女どもを従えて入ってくるときのようだ。
富裕なるペリシテ人《びと》のご婦人か、あれは。
だが、近づき来たるを見れば、紛《まご》うかたなく
きみのご夫人、デリラだ。

（七一〇—七二四行）

堂々として華麗なご入場である。それを聞いたサムソンの最初のことばは、

妻、裏切り女め。近づけるな。

である。なんと愛想のない言い方か。

サムソンの言い草にたいして、デリラは、サムソンの愛を引き留めるために策を弄《ろう》したのでしたが、それも、もとをただせばわたしの「弱点《よわみ》」のなすわざでした、と弁解する。それにたいして、サムソンは「邪悪は弱点《よわさ》だ」（八三四行）と言い放って、かの女をゆるそうとしない。

「成人」の死

ここで「弱点」ということばのもつ意味をさぐっておく必要があろう。まずわれわれとして立ちもどらなくてはならない文書は、ここでもまた『アレオパジティカ（言論の自由論）』（一六四四年）である。この書でいわれていることのなかで、いまとくに必要なのは、ミルトンは教会法や長老派の規律に守られた「あやつり人形のアダム」たることを拒否して、「正しき理性」に立つ「自分じしんの選択者」たることを主張するくだりである。ミルトンは「アダムは堕ちて、悪により善を知るにいたった」というアダム理解をしめす。この「知る」“knowing”という語は見のがせない。「自由にして見識ある（“knowing”）霊」が大切なのであって、この種の人士こそ、「成人」“every knowing person”, “every mature man”, “every grown man”とよべる人格である、と説く。この意味での「成人」を言い表わすばあいに、ミルトンは「男らしい」という形容詞をもちいる。とうぜん、その反対は「女々しい」ということになる。

「悪により善を知るにいたった」人格、つまり「成人」が「男らしい」人格であるとしても、「成人」は男性にかぎったものではない（『楽園の喪失』におけるアダムとエバが、第一〇巻の結びで「成人」として叙述されていることは、前章でのべたとおりである。アダムはここで初めて「男らしい」人格となり、エバも同様に「女々しく」はない人格として生まれかわったのである）。ミルトンが「高位聖職者たちは国内において、われわれすべての女性化 effeminate をこころみた」（『イングランド宗教改革論』第二巻、一六四一年）と書くときの用法をみれば、「女々しさ」が、すなわち女性一般のことを指しているものではないことは明らかである。また『偶像破壊者』第七巻（一六四九年）で、国王は「国民の栄誉を剝奪《はくだつ》し、女々しい effeminate 為政者の手にわたした」というような表現においても、「女々しさ」は女性一般を指しているのではない。逆に、スウェーデン女王クリスティナのことは、ミルトンは「女々しさ」とはまさに正反対の、「成人」としてたたえるのである（『イングランド国民のための第二弁護論』）。「成人」の資格のない人物とは、つまり、倫理的「弱点」をもった人物ということになる。

サムソンは自分の失敗を反省して――

だが忌《い》まわしい女々しさがわたしに軛《くびき》をかけて
かの女の奴隷にしたのだ。
(四一〇―四一一行)

とのべている。このばあいの「女々しさ」"effeminacy"は、デリラのなかにある非成人性を指している。デリラが女性であるから、すなわち「女々しい」人物だというのではない。そのような簡単なことではない。このことを、より明白にするサムソンの台詞がある。デリラがあらわれた直後のかの女とのやりとりのなかで、サムソンは次のようにいっている。おまえの詫びは信じられない。それは、

まことの改悛《かいしゅん》ではない。おもな狙いは、夫を
挑発して、忍耐の度をためし、美点《つよみ》、弱点《よわみ》の
どちらから攻めるべきかを練ることだ。

（七五四—七五六行）

つまり忍耐の度合いの強いことが「美点」であり、その反対が「弱点」なのである。コロスのことばで言い換えるならば——

忍耐こそ、このうえなく真実の勇気なり

（六五四行）

ということになる。ミルトンは『キリスト教教義論』のなかで、「忍耐」の定義をくだしている（第二巻一〇章）。ここでは「非忍耐」"impatience" こそ「女々しさ」の内容であるとされ、「真の忍耐」はヨブやその他の聖徒に見いだされる、と明言している。

こうみてくると、サムソンが「女々しさ」を非難するのは、相手側のそれを指しているばかりでなく、ほかならぬ自分じしんのなかの「弱点」にたいする悔恨の情からであることがわかる。デリラにたいする語気が鋭くなるのは、その「弱点」に、かれみずからがふたたび陥ることのないようにという決断を明白ならしめるがためであるといえよう。

もちろん作品は、作家の経験を土台とし、それを反映している。だから、サムソンとデリラの関係が、なに分かのミルトンの実体験を映していることもあるであろう。しかしこのふたりの関係は、旧約聖書いらいの定まった構図のなかの、しかもイギリス・ルネサンス期の虚構であることを承知しておく必要がある。それが批評の常識である（ミルトンは家出をしたメアリ＝ポウエルをゆるし、かの女の没後も、二度妻をめとり、幸福な結婚生活をおくった。再婚の妻キャサリンを喪った折りにつくったソネットでは、かの女をいわば聖女のごとくにたたえていたことは、すでに第6章にのべたとおりである）。

この作品の、ハラファとの対決部において、サムソンが「わたしは生ける神をこそ信ずる」（一一四〇行）という確信に立ちかえり、「神の最後のみ赦《ゆる》しに望みをつなぐ」（一一七一行）と語るときに、かれは神との契約関係の持続を信じえたのである。「わたしは決してわたし個人ではなかった」（一二一一行）ということばは、そのなによりもの証拠である。かれはそれゆえに、「なにか心をかきたてる衝動《うながし》」（一三八二行）を感じて、ダゴンの神の家へとおもむく。この衝動は、つまり神の霊の指図である。そしてその神の霊とは、『キリスト教教義論』（第一巻二五章）にみられるミルトンじしんの表現によれば、「〔契約の〕保証」を意味する。とすれば、それを信じて敵の群れのなかへとおもむくサムソンは、まさに「信仰の戦士」（一七五一行）なのである。父マノアは、息子の死を「英雄的」と表現するが、それも、

心配していたように、
神から離れることもなく、終わりまで、恵み
助けたもう神とともに、すべて行動できたこと
（一七一八—一七二〇行）

を幸いとしているのである。いったん神に棄てられたサムソンが、神との信頼関係を回復しおえたこと、それが幸いとされている。サムソンの「気高《けだか》い死」は、それゆえに、栄光にみちた死とされるのである。『闘技士サムソン』という作品はペリシテ人にたいする勝利に関心をもつのではなく、サムソンに象徴される一人格が「忍耐」の徳を会得し、「成人」として、世俗のただ中に生涯を終えてゆく過程に関心をもつ。そしてその死を「気高い死」とたたえる作品である。その意味では、たしかにこれは自叙伝的な意図をふくむ作品ととることができよう。

両作品の制作年代

『楽園の回復』と『闘技士サムソン』とは一六七一年に合本で上版された。『闘技士サムソン』は『楽園の回復』のあとに付けられている。だからそれはミルトンの最後の作品と目されてきた。そして実際、この作品はこの詩人の「白鳥の歌」と考えていい。ミルトンという詩人は自分の作品を年代順にならべるのを原則とする（その原則をかれが破るのは、現在でもそれとわかる明らかな理由があってのことである）。よく問題とされるかれのソネット作品の番号

づけのばあいも、この原則は基本的には守られている。

しかし『闘技士サムソン』にかんしてはアメリカの批評家のなかに、その制作年代を王政復古以前、それも論者によっては一六四〇年代初期へまで遡《さかのぼ》らせるものがいる。もちろんそれなりの理由を申し立てている。しかしその理由はひとつひとつが比較的にかんたんに反駁をゆるす底《てい》のものであって、従来の判断をくつがえすほどの説得力をもたない。だから現在の最有力の研究家たちは、この種の説に与《くみ》さない。この点で、ケアリとファウラーの詳注版[*1]がこの作品の制作年代を一六四七年から一六五三年ころと推定し、『楽園の喪失』の前に位置づけたことは、イギリスの学者たちの仕事としては、むしろ奇異に属する事例である。標準本をめざすこの種の版本としては、この版本の解説や注じたいがすぐれたものであるだけに、惜しむべきことである。ただ、この作品の口述年代をめぐっての、やく一世代にわたった論争の結果、作品そのものの言語、韻律、思想、内容、その他の面にかんして、新たにいく多の難点が解明されたことは評価すべきであろう。

『闘技士サムソン』は実際にはいつ制作されたのか、ということになると、まえの大作の出版された一六六七年以後のことと推定するのが穏当である。それも『楽園の回復』以後のことであろう。『楽園の喪失』の口述は一六五八年ころからやく五年間のことととみれば、全体二〇〇〇行ていどの作品を一年で口述することは、いとも容易なペースである。そのことからして、『楽園の回復』と『闘技士サムソン』は、一六六八年ころからまる二年ほどのあいだに口述されたものと推定していい。一六七〇年末か、一六七一年の出版には間に合う勘定になる。

三部作

ミルトンは『楽園の回復』、『闘技士サムソン』を口述しおえたときに、『楽園の喪失』のなかで言明したところの「忍耐と英雄的受難の／よりすぐれた勇気」(第九巻三一―三二行)にかんして、じゅうぶんにいいおおせた、という満足感にひたったことであろう。順境における節制のあり方から出発して、逆境における忍耐のあり方にいたる変遷を、この一種の三部作はうたいあげている。第一作においては、忍耐についてはその指摘にとどまり、じゅうぶんな展開のあとはみられない。第二作において、荒野における誘惑という場面を設定し、逆境における忍耐の徳の勝利が語られる。第三作においては、その忍耐の基盤として神との契約関係の回復が叙述され、神の「証人」の極致としての「殉教」こそ、忍耐の徳の英雄的《ヒロイック》な現実の姿であると説かれる。忍耐論にそくしていえば、第三作は第二作を一歩推し進めた作であるといえる。この三作は、この意味で三部作なのである。

忍耐ということが、神の摂理を信じ、ことの結果は神に任し、「平静に堪えること」、という内実をもつことは、さきにのべたとおりである。これは一種の楽観主義であるといえる。晩年のミルトンが、かれにとって決して住みやすいとはいえなかったはずの世俗に生きつつも、強靱な生活意識をもってその生を全うしえた、その背景には、この忍耐の徳のもつ楽観主義の力が、ものをいっていたのであろう（晩年のミルトンが、むしろ快活な人物であったという証言が、いくつかのこっている）。神の「証人《マルチル》」としての忍耐の生と死こそがヒロイズムの基盤である、という確信が、ミルトンにはあった。「激情はすべて鎮《しず》めて」この世に生きる老詩人のなかに、われわれは王政復古後の反規律的世情のなかを生きるキリスト教的な〈忍耐〉の典型を見るのである。

注

＊1――Carey, John and Alastair Fowler, eds. *The Poems of John Milton*, Longmans, 1968.

別項　ミルトンの神学

げんみつな意味でミルトンを神学者とよぶのは、かれにふさわしくない。根が詩人だからである。しかし神学論議のかまびすしかった一七世紀という時代に、なにか論陣をはるとすれば、なにかしらの神学をもつか、あるいは神学的立場に立たないではすまされなかったことも事実であった。

ミルトンはさいしょ長老派擁護論の立場から宗教論争に加わった。『イングランド宗教改革論』(一六四一年)、『教会統治の理由』(一六四二年)など、宗教論といわれるものは、どれもこれもその立場からの発言であった。しかしおもしろいことに、この初期の文書のなかにおいてさえ、すでに「神がわれわれのなかに植えつけてくださった知性の光」[*1]を重視する主張があらわれていることは、本書第5章においても観察したとおりである。この「知性の光」とは当時のことばでいうところの「内なる真理」を指し、「正しき理性」のことであったことは、まず異論のないところであろう。文献としての聖書そのものを「外なる真理」とよぶのにたいして、「正しき理性」をそのようにいったのである。

ミルトンが「外なる真理」を第一に依拠すべきものとし、それを解くために「内なる真理」を重視するという傾向は、一六四三年から四五年にかけての離婚論争の時期では、もう表立った主張となる。一六四四年の『教育論』や『アレオパジティカ（言論の自由論）』は、その点からみても重要な文書である。この時期はミルトンは長老派と袂《たもと》をわかち、独立派に接近している。

これより一五年も後の王政復古期の文書『自由共和国樹立の要諦』（一六六〇年）の、終盤ちかくの次の一節をみれば、ミルトンの神学的態度は、この点で不変であったことがわかる。「神の啓示の意思を読みとり、聖霊の導きがいただけるようにとの意から、神が人の心に植えつけてくださった最善の光にしたがって、人がはばかることなく神に仕え、おのが魂を救うことができないならば、人は平安にあずかることも、この世での喜びを味わうこともできない。[*2]」ミルトンはどこまでも聖書中心主義であり、それを「神が人の心に植えつけ

ミルトン像（ロンドンのクリプルゲイトにある聖ジャイルズ教会）

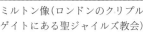

てくださった最善の光」をもって読み解くことこそ、人の義務であるという考えであった。それは神学する態度の自律性とよぶことができるであろう。その結果、いくつかの点において、当時でも異端的とされる見解が出ることになったことも、たしかであった。しかしある見解をとらえて、それに異端というレッテルをはる側の立場が、はたして正統といえるのか、という問題となると、問題はけっして簡単ではない。結論めいたものを、さきにいうことがゆるされるならば、全体的にみてミルトンの神学思想は当時にあって、そのほとんどが異端とは目されない体《てい》のものであった。

ここではミルトンの聖書第一主義が、ときとして異端的な偏りをみせる諸点にふれることになるのであるが、その諸点も『楽園の喪失《パラダイス・ロスト》』においては、それと指摘されでもしなければ、まさか異端などとは思われることもなく読み過ごされてしまう程度のものである。より具体的にいえば、かれが、おそらく一六五〇年代の後半に組織だてた『キリスト教教義論』が、もし人の目にふれることがなかったならば、それほどの議論とはならずにすんだはずのものなのである。この『教義論』は数奇なる運命をたどって、国立文書館に秘匿され、一八二三年になって発見されたものである。

『キリスト教教義論』は全体的には一六五〇年後半の作ではあっても、もともとはそれより十数年以前の一六四〇年代初期からのメモが基礎となっていた可能性がある。ミルトンの甥にあたるエドワード＝フィリップスの証言（『ミルトン伝』）を調べてみると、かれが伯父ミルトンの教えをうけていた時期に、この伯父は日曜日になると先輩神学者、とくにウィリアム＝エイムズやジョン＝ヴォレプの著述からの書き抜き作業をおこなっていたことがわかる。エイムズ著『神学綱要』――これは一六四二年に英訳された――や、ヴォレプの『キリスト教神学要覧』（一六二六年、一六三八年三版）のことであったろう。いずれも改革派神学者であり、一六四〇年代初期のミルトンじしんの好みとも合う論者たちであった。

神学論にたいするミルトンの興味は、こうして一六四〇年代初期には顕著となっていたが、一六四四年ころからはその興味を「内なる真理」――つまり聖霊、「正しき理性」――によって検証するという態度が、より明確となってくる。つまり、改革派のエイムズやヴォレプに、ただ従うということでは満足できなくなってくる。ミルトンの神学は（後に詳説するように）脱長老派の過程でその内容が決まっていくのである。

三位一体

ミルトンの神学のなかで、とくに問題視されるのは『キリスト教教義論』第　巻五章の「み子について」という、比較的に長い一章である。ここでミルトンはキリストが父なる神と同一の実体 *substantia* をもつとはいわないからである。父と子と聖霊は「愛、交わり、霊、栄光において同一である」が、それぞれが別の位階 *hypostasis* 、本質 *essentia* をもつ、という理解をしめす。そのことは、聖書そのもののなかに記してあり、パウロも「神は唯一であり、神と人とのあいだの仲介者も、人であるキリスト・イエスただひとりなのです」（Ⅰテモテ書二の五）と書く。キリストは神と人とのあいだの仲介者であるというのが、パウロの、そしてミルトンの主張である。神とイエスとは位階がちがう。しかし（おそらく、それなるがゆえに）イエスは神と人との仲介者となりうるのだ、というのである。イエスを仲介者＝救い主とする考え方は、『教義論』につよく出る考え方である。

三位一体論は、それにいたるべき思想は新約聖書にないわけではないが、これが教理として確立したのは紀元三二五年のニカイア総会議においてであり、その時点ではたとえばアリウスの、神と子とは異質であるとする説はしりぞけられ、この両者は同質であると決められた。ここで「正統」と「異端」のあいだに一線が引かれた。しかしこの議論は本質的にここで決着をみたわけではなく、教義史上はずいしょに顔をのぞかせ、一六、七世紀のソッツィーニ主義（ソッツィーニの唱えた反三位一体の神学）としてあらわれる。そしてこの流れは、けっきょく現代のユニテリアン主義（三位一体論に反対し、神の単一性を主張する）にまで受け継がれている。ミルトンのばあいはニカイア総会議の決定からみれば、かなり自由な考え方であるが、けっして三位一体そのものに反対しているわけではない。子は父の創造にかかるものであり、位階こそことなるが、仲介者として父の働きを代表しているととるのである。

『楽園の喪失』の神のことばを聞いてみよう。神はみ子を「第二の全能者」とよぶ（第六巻六八四行）。イエスは人間の救いのために「降《くだ》って、人間《ひと》の本性をとる」（第三巻三〇四行）、「神にして人間《ひと》」たる存在である（第三巻三一六行）。

「そなたをつかわすからには、わたしの意図が
義と憐れみの結合にあることは明らかだ。そなたは
人間《ひと》の友、中保者《なかだち》、みずから身代《みのしろ》・贖罪主《あがないぬし》と
名ざされたもの、堕《お》ちた人間《ひと》の裁きのために
みずから人間《ひと》たるのさだめを背負ったるもの」
　おん父はこう宣《の》べたもうて、右の手に
輝かしくその栄光をひろげ、み子のうえに
一点の曇りなき神性を照らした。
（第一〇巻五八―六五行）

イエスは神から「人間《ひと》たるのさだめ」を背負わされて、この世につかわされた「神性」の存在とされている。かれが神と人間との仲介者となって、人の罪をあがなうという事業をはたすためである。これはむしろ（ニカイア総会議の決定以前の）新約聖書の証言にそったイエス観といえるであろう。この詩行に異端の香りをかぐ一般読者がいるであろうか。

霊肉死滅論《モータリズム》

ミルトンは人が死ねば肉とともに霊も眠る、という考えであった。これは『キリスト教教義論』の、とくに「創造について」（第一巻七章）と「肉体の死について」（第一巻一三章）に明確に出る考え方である。これはネオ・プラトン主義的な思考の伝統のなかでは、やや奇異にひびくところであり、とくに現代の神学の傾向からみると異端的ととられる危険性がある。ミルトンがこの考え方をとるにいたった背景には、同時代のR・O［リチャード＝オーバートン］の『人間の死滅』（一六四三年）などの影響があった、と説くことで、これがミルトンの独特の思考ではないと弁ずる論者もいる。

しかしミルトンが霊肉同時死滅説を展開したのは、ひとつやふたつの文献の影響をこうむったからではない。そもそも聖書が、その考えなのである。聖書は霊肉二元論はとらない。だから肉体は死しても、霊魂は永遠に生きるということはいわない。旧約聖書においても、新約聖書においても、「霊的」ということばは創造主に従順のあり方をさし、「肉的」というのはその反対のあり方をいうのである。ギリシア思想のように霊魂と肉体を別のものとみて、肉体をさげすみ、霊魂の高貴をうたい、その不滅をのべるという、いわゆる霊肉二元論はヘブライ思想にはない。ヘブライ思想にみられるのは（ミルトンもいうところの）「全人」"a whole man" の人間観である。だからこそヘブライ系の終末思想が、死からの甦《よみがえ》りを説くときには、霊と肉をそなえたからだの復活の待望をうたうのである。

ミルトンのアダムは『楽園の喪失』のなかで、不従順を犯してしまった罪を悔いて、「土に伏《ふ》したい」と、死をねがう。ただ、ほんとうに「安らいで眠ること」ができるか、どうか、そこを心配している。

　　　　　　　　　　　　　　　　　ただひとつ
いつまでも心配なことは、わたしは完全に
死ねるのか――いのちの息、神が息吹《いきふ》きたもうた
人間《ひと》の霊が、この塵泥《ちりひじ》の体とともに亡びることが
できるのか、ということだ。墓のなかとか、
うとましきところで生き身の死を味わいつづける、
ということにもなるのではないか？　ああ、
思うだに怖ろしい！　わからぬ。罪を犯したのは
いのちの息なのだ。いのちと罪とが死ぬのだ。
このふたつは霊のもの。肉のものではない。
とすれば肉ばかりか、霊も死ぬる。

（第一〇巻七八二―七九二行）

アダムは「いのちの息」こそ罪の張本人であるとさえいっている。つまりそれは「霊のもの」である。だから死ぬとすれば、霊も死ななければならない。人はこれで全体が眠ることができる。そう思ってアダムの心は安らぐ。

これは別にミルトンの独創的な見解ではない。宗教改革者ティンダルやルターも、またミルトンと同時代の医師サー＝トマス＝ブラウン（『医者の宗教』一の七）も、みな霊魂は肉体といっしょに眠るという説であった。[*3] ミルトンは異端説をとったのではない。聖書そのものの主張を尊重したのである。

無からの創造

聖書は「無からの創造」*ex nihilo* の立場をとるというのが、伝統的な理解である。「創世記」の冒頭の記述も、このことをいっているというのである。ところでミルトンは『キリスト教教義論』の第一巻七章「創造について」のなかで、この「無からの創造」論を否定している。たしかに神は「闇から光が輝き出よ」と命じられた（IIコリント書四の六）。しかしその「闇」とは「無」のことではない。「闇」そのものも造られたものなのである。神は「光を造り、闇を創造した」と「イザヤ書」第四五章七節にもあるではないか、とミルトンはのべる。かれが強調したかったのは、同じ箇所でもいっているように、パウロのいう「すべてのものは神から出て、神によって保たれ、神に向かっている」ということであった（ロマ書一一の三六）。つまり神の全能ということであった。
『楽園の喪失』においても、ミルトンの考え方は変わらない。天使ラファエルはアダムに、次のように教示する――

おおアダムよ、神は唯一全能にいまし、
万物、神よりいで、善から逸《そ》れなければ、
万物、神に帰る。万物は完《まった》く善なるものとして
造られ、原質を同じうする。ただ形はさまざまだ。
生なきものには物質の、生あるものには生命の、
その段階はさまざまである。そのどれもが
それぞれの活動の場をあてがわれ、
神に近いものほど、また神に近く向かうに
つれて、次第に浄化し、霊化し、純化し、
やがてはそれぞれの分に応じて、肉体は
霊体に昇華する。

（第五巻四六九―四七九行）

万物は「原質を同じうする」。無から生じたものはない。万物は神から出て、神に帰るべき被造物であるにすぎない。

右の引用はもうひとつのことを示している。それは、万物は神から出て、神へ帰るという、万物の動的なあり方がうたわれているということである。ミルトンもルネサンス期の思想家たち、とくにネオ・プラトニズムの傾向の識者たちに一般的であった「存在の鎖」の思考様式に立っている。さらにいえば、その点はかれは同時代のケンブリッジ・プラトン学派の主張[*4]と軌を一にし、霊質対物質の二元論を拒否している。

「正しき理性」

ミルトンには若いころより、理性にたいする尊敬の念がめばえていた。その傾向がさいしょに文書にあらわれるのは一六四一年の『イングランド宗教改革論』においてであって、そこには（この付章の冒頭にもふれたように）神が人間に植えつけた「知性の光」への言及があった。ミルトン三三歳のときの長老派擁護論の一節なのであるが、ここでこういう言い方をするいじょう、それ以前からこの傾向はあったものであろう。

かれが理性、あるいは「正しき理性」と表現するものは、「神の声」、「神の姿」などと言い換えられることでもわかるように、人間固有の判断力をさしているのではない。それは聖霊の輝きたる理性のことである。

この考え方が、「厳粛な同盟と契約」がイングランドとスコットランドの両議会でむすばれた一六四三年以降、ミルトンに顕著になり、やがてその翌年の『アレオパジティカ（言論の自由論）』では、「理性とは選択にほかならない」という宣言となって登場することは、本書第5章でものべたとおりである。それは教会法や長老派の規律にがんじがらめにされた生き方への反発の表現であり、ものごとの選択の基準が個人の理性的意志にあることを認める考え方であることは明白である。

聖ジャイルズ教会（ミルトンの墓所）

これはミルトンの時代では、オランダの改革派の神学者アルミニウスの派にぞくする思想であるとみなされた。アルミニウスはキリストはあらかじめ選ばれた人びとのためばかりでなく、全人類のために贖罪《しょくざい》の死をとげたと説いた。それはカルヴィンの預定説に反対し、人間の自由意志を尊重する立場であった。その立場の人びとは、当時レモンストラント派とよばれた。ドルト宗教会議は一六一九年にこれを異端と決め、迫害の行為に出た。イングランドにおいても、カルヴィン派（長老派）の目からみれば大主教ロードはアルミニウス派と映り、独立派のジョン＝グッドウィンも同様の目でみられた。

ミルトンが人の救いは神の意志と人の自由意志との協同の作業であると考えるかぎり、かれはアルミニウス主義者であった（『キリスト教教義論』第一巻一、三、四章）。かれは自分のアルミニウスふうの立場の正しさを、「聖書そのものによって裏づける」ことができると語るのである（『真の宗教について』）。かれはここでも聖書第一主義者であった。

「理性とは選択にほかならない」というミルトンの発言は、神の声をきくことのできるものは、それを基礎にして善なる道を自発的に選びとることができるという意味であると解していい。これが自由というものである。この自由に誤謬がはいりこむこともあるが、それは許されなくてはならない（『真の宗教について』）。人間の自由意志と信仰の寛容を、このように説くミルトンは、かれと同時代のケンブリッジ・プラトニストたちの考え方にきわめて近かった。[*5] たとえばウィチカットの「理性に従うことは神に従うことである」ということばに、ミルトンも心からの賛意を表したにちがいない。エマヌエル・カレッジの学寮長タクニーはカルヴィニストであり、その同じカレッジ出身の後輩ウィチカットらの思想動向に反発した。それと同じように、ミルトンの恩師であったトマス＝ヤングにも、かつての教え子ミルトンの一連の言動がにがにがしく思われて仕方ない時期があったにちがいない。

ミルトンのアダムはほんらい「きよき理性をさずけられ」、「寛《ひろ》やかなる心をもって天と交わ」る存在であった（『楽園の喪失』第七巻五〇八行、五一一行）。それが「不従順」のゆえに狂いを生じ、

「楽園」を逐われることになる。しかし、理性に「曇り」は生じたものの、それは完全に喪われたわけではない。その理性は、やはり人間のなかに植えつけられたあの「知性の光」としての意義をもちつづけている。だからニムロデ（と、ニムロデふうの権力者）がこの世で自由を圧迫してやまないとしても、人はどこまでも「正しき理性」に立つ自律的な個としての生き方を守るべきであり、またそれは可能である。楽園を去らんとするアダムに天使ミカエルがあたえることばは、この角度から読まれなければならない。

人間《ひと》の平和を
乱して、理性に立った自由を圧《おさ》えんとする
あの子を、おまえが憎むのは正しい。だが同時に
知っておいてもらいたいことがある。――
おまえの原罪のあとには、真の自由は失せた。
自由は正しき理性と結びあっているもので、
理性と分かれて存在できるものではない。
人間《ひと》の理性が曇り、服従される権威を失えば、
度はずれた欲望と成りあがりの情欲とが

ただちに理性から主権を奪い、それまでは
自由であった人間《ひと》を奴隷へと引きおろす。
だから、人間《ひと》が、みずからの内で下劣な力が
自由な理性を支配することをゆるすかぎり、
神の正しい裁きのみ手はかれを外力によって
暴君どもへと屈服せしめ、暴君どもは、
その分際でもないくせに、人間《ひと》の外なる自由を
奪う。つまり圧制は必然だ。ただ、だからとて
圧制者の責任は解消されるものではない。
ときには徳、つまり理性をふみはずし、
そのために悪ではなく、正義が、致命的な
のろいをさえたずさえてあらわれ、内なる
自由など、とっくに無くした国々の、外なる
自由を奪うのである。

（第一二巻七九―一〇一行）

「自由な理性」が「神の正しい裁きのみ手」であり、それに依ることこそ圧政を排除する道である

というミカエルの言は、王政復古期を迎えたミルトンの声でもあった。叙事詩のむすびで、「摂理こそかれらの導者《しるべ》」としてこれを信じ、荒野に出てゆくアダムとエバのふたりの姿は、「正しき理性」の力に依拠しつつ、荒々しい歴史を切り開いてゆこうとする近代人たる夫婦《めおと》の姿であるにほかならない。

ヒューマニスト・ミルトン　ミルトンの神学を一瞥《いちべつ》するのが、この付章の目的であった。一瞥するにあたって、とくにかれの異端説といわれる諸点を重点的に取り上げて、それに解説を加えつつ、この詩人の、当時における思想的位置づけをしてみようと試みた。その作業をへてわかることは、三位一体論にしても、霊肉死滅論にしても、また「無からの創造」やアルミニウス的傾向にしても、ミルトンはそのひとつひとつを、伝統とか、あるいはある教派の「教理と規律」のなかで「操り人形」の目で観察するのではなく、自らの目――神にあたえられた「最善の光」――を用いて、直接に聖書にあたってこれを検証するという姿勢で一貫しているということである。これはじつに執拗《しつよう》なまでに貫徹された態度であった。しかも、人の言い伝え、権威などによらず、原典にさかのぼって、真偽を確かめるという態度は、いうまでもなくルネサンス・ヒューマニストたちの示した特徴であった。

ミルトンのそもそもの神学的基盤は長老派神学であった。やがてかれはこの神学の立場から離脱するのであるが、その離脱の過程でかれの『キリスト教教義論』が成立する。前にのべたとおり、かれはその神学議論をととのえるにあたり、その方法においてウィリアム゠エイムズやジョン゠ヴォレプに多くを負っている。しかし、たとえば霊肉死滅論についていえば、完成した『キリスト教教義論』は、前記の二学者の主張に抗して、霊肉同時死滅説を展開したのである（エイムズ『神学綱要』一・一六・一三。ヴォレプ『キリスト教神学要覧』一・一二・五）。この点は改革派の大御所であるウィリアム゠パーキンズにも、ミルトンは反対であった（パーキンズ『使徒信条講解』）。ミルトンはむしろエラスムスを援用しているのである（『キリスト教教義論』第一巻一三章）。この一例をとってみてもわかるように、かれはその神学論を脱長老派の過程で完成しているのである。一般に受けいれられている思想を、原典に徴して検証するというのは、（繰り返していうのだが）ヒューマニストとしての基本姿勢であったとしか、いいようがない。その結果、聖書そのものの主張からいたく逸脱した見解を、ミルトンが提出したという事実はない。かれの神学的見解の一端を取り上げて、それを「異端」と決めつける論者は、その論者じしんの神学的立場——おのが「教義」——を擁護せんとするもくろみに立って議論をなすことが多いのである。

ウェストミンスター宗教会議のスコットランド側の委員であったロバート゠ベイリイは、ミルトンの離婚論にふれて、「この男が独立派か、どうか、わからない」としながらも、「ここにみられる異論は、どれをみても独立派的である」とのべた（『時の誤謬を止める』一六四六年）。これは一六四

○年代の長老派の論客の言としては正鵠を射たものというべきである。ミルトンが反長老派への道を選んだ時期のパンフレットを読んでの評だからである。

しかし最晩年のミルトンは特定の教派にぞくすることはせず、また特定の集会に加わることもなかった。神の栄光のために従容として殉教の道を選び取る『闘技士サムソン《サムソン・アゴニスティーズ》』の主人公の姿は、（アダムとエバの脱楽園の時の姿とともに）詩人がけっきょく何を考え、何を求めていたかを象徴的に物語っているというべきである。

そのギリシア悲劇ふうの詩劇は、むすばれている——「激情はすべて鎮《しず》めて」と。

注

*1——原田・新井・田中共訳『イングランド宗教改革論』（未来社、一九七六年）、五二ページ。

*2——F. A. Patterson (ed.), *The Works of John Milton* (New York, 1931-1938), VI, 141.

*3——C. A. Patrides, *Milton and the Christian Tradition* (Oxford University Press, 1966), p.265.

*4——新井明・鎌井敏和共編『信仰と理性——ケンブリッジ・プラトン学派研究序説』御茶の水書房、一九八八年。

*5——新井・鎌井、前掲書。

あとがき

初学者のためのミルトン入門書を書いてみたいという願いがわたくしに生じたのは、いつごろのことであったろうか。それはしかとは分からないのだが、一九八三年にA・T・ウィルソンの『ミルトン伝』がオックスフォード大学出版局から出て、それがさわやかな読後感をとどめてくれたことが、ひとつの刺激となったことは確かである。そうしているうちに一九八八年の暮れに清水幸雄氏から「人と思想シリーズ」の一冊として、『ミルトン』を書くようにとのお勧めをいただくことになった。

ただ、平易な読み物としてのミルトン伝をつくるということは、たやすいことではない。しかし幸いなことに、わたくしには一般のご婦人がたを対象にして一年間ミルトンを語った経験があった。それは日本女子大学図書館友の会における講座でのことである。この会は主として日本女子大学の卒業生のために、いくつかの講座を設けて、参加者の教養の深化と親睦に資している（他学の出身者を拒まず、在学生の聴講をも歓迎する)。わたくしがこの講座に招かれてミルトンを語ったのは、一九八六年度のことであった。一般の聴講者を前にしてミルトンを語るということは、なかなか難しいことだ。この詩人をめぐる問題点を厳選し、それを平易に語ることが、その年度、わたくしが自らに課した最低限の条件であった。今回、清水書院のためにこの書物をつくるについて、そのときの資料と経験が為になった。その友の会の皆さんに御礼を申し上げたい。

清水幸雄氏にわたくしをご推輓《すいばん》くださったのは、恩師福田陸太郎先生である。しかし、小さなかたちの本であるから、簡単にものせるものと考えてこの仕事をお引き受けしたのは、わたくしの過ちであった。大学行政の繁忙のなかへ陥れられた後のわたくしには、小冊といえども、それを完成するのに数年が必要となった。

思えば、ミルトンの叙事詩を現代日本語に移す必要性をわたくしに説かれて、拙訳『楽園の喪失』の出版の契機をつくってくださったのも、三〇年も昔の福田先生であった。

これまでの学恩の深きを思い、この小著を先生にお捧げ申し上げる次第である。

一九九七年五月

湘南海岸の寓居にて

著　者

ミルトン年譜

西暦	年齢	ミルトン関係	関連事項
一六〇三			エリザベス一世没。ジェイムズ一世即位（—一六二五）
一六〇四			ハンプトン・コート会議
一六〇五			ガンパウダー・プロット（一一月五日） ベイコン『学問の進歩』
一六〇八		誕生（一二月九日）	
一六二〇	11	聖ポール学校に入学（—一六二五）	
一六二五	16	ケンブリッジ大学のクライスツ・カレッジに入学（二月）	ジェイムズ一世没。チャールズ一世即位（—一六四九）
一六二八	19	「宿題として」（七月）	議会、王にたいして「権利請願」（五月）
一六二九	20	クライスツ・カレッジ卒業（三月） 「キリスト降誕の朝に」（一二月）	議会、解散（三月）
一六三二	23	「快活の人《ラレグロ》」、「沈思の人《イルペンセロソ》」（このころ）	ストラッフォード伯、アイルランド総督となる

一六三三	24	ケンブリッジ大学から修士号授与（七月） ロンドン郊外ハマスミスの父の家に住む（—一六三五） 「アルカディアの人びと」（このころ）	ジョン＝ロック生まれる（八月） ウィリアム＝ロード、カンタベリ大主教となる
一六三四	25	「コウマス上演」（九月）	船舶税の徴収開始
一六三五	26	バッキンガムシャーのホートンの父の家へ移り住む（—一六三八）	ジョン＝ハムデン、船舶税の納入を拒否
一六三七	28	母の死 「コウマス」初版本（この年か翌年三月ころまでに） 「リシダス」（一一月）	チャールズ一世、イングランドの祈禱書をスコットランドに押しつける
一六三八	29	大陸旅行（五月?—一六三九夏）	スコットランド、「契約」を作成し徴兵。イングランドに対抗
一六三九	30	「マンソウ」（一月?） ロンドンで私塾 「ダモンの墓碑銘」（年末か翌年はじめ）	ストラッフォード伯、国王の政治顧問となる 第一次主教戦争（六月に国王軍の撤退で決着）
一六四〇	31		短期議会（四月—五月） 第二次主教戦争（八月—一〇月） 長期議会（一一月—一六六〇）

一六四一	32	『イングランド宗教改革論』（五月） 『（スメクティムニューアスにたいする）抗議者の弁明への批判』（七月？）	「根絶請願」議会に提出（一二月） ストラッフォード伯、処刑（五月） 星室《スター・チェインバー》庁廃止（七月） 「大抗告」議会を通過（一一月）
一六四二	33	『教会統治の理由』（一月―二月） 『スメクティムニューアス弁明』（四月ころ） メアリ＝ポウエルと結婚（初夏） 新妻の別居（八月？）	第一次内戦（―一六四六） エッジ・ヒルの戦い（一〇月二三日）
一六四三	34	『離婚の教理と規律』（八月）	議会、スコットランドとの提携の方針を固め、「厳粛なる同盟と契約」を承認（一一月） ハントン『王政論』
一六四四	35	『教育論』（六月） 『マーティン・ブーサー氏の判断』（八月） 『アレオパジティカ（言論の自由論）』（一一月）	マーストン・ムアの戦いで、王党軍敗北（七月二日―三日）
一六四五	36	『四絃琴《テトラコードン》』、『懲罰鞭《コラステイーリオン》』（三月） メアリ＝ポウエル、ミルトン家へもどる（夏？）	ウィリアム＝ロード処刑（一月） ネイズビイの戦いで、ニュー・モデル軍、王党軍に大勝（六月一四日）

一六四六	37	『詩集――一六四五年版』（一月） 長女アン生まれる（七月）	チャールズ一世、オックスフォードの総司令部を撤退。第一次内戦（一六四二―）の終結
一六四七	38	父ジョン没（三月）	パトニー討論（一〇月―一一月）
一六四八	39	次女メアリ生まれる（一〇月）	第二次内戦（三月―八月） 「プライド大佐の粛清」により、長老派議員追放さる（一二月）。以後、「残部議会《ランプ》」
一六四九	40	『国王と為政者の在任権』（二月） 共和政府の外国語担当秘書官に任ぜられる（三月―一六五九） 『偶像破壊者』（一〇月）	チャールズ一世、処刑（一月） 共和政《コモンウェルス》の発足（五月―一六六〇） サルマシウス『王政弁護論』（五月）
一六五〇	41		チャールズ二世、スコットランドへおもむき、王政再建のため、長老派の助力を求める ダンバーの戦いで、クロムウェル軍、スコットランド軍を破る（九月三日）
一六五一	42	『イングランド国民のための第一弁護論』（二月） 長男ジョン生まれる（三月）	チャールズ二世、スコットランドで王位宣言（一月） ウスターの戦い（九月三日）。議会軍大勝 ホッブズ『リヴァイアサン』

一六五二	43	両眼失明（前年末か、この年のはじめ） 三女デボラ生まれる（五月） メアリ＝ポウエル＝ミルトン没（五月） 長男ジョン没（六月）	第一次オランダ戦争（六月―一六五四） ウィンスタンリー『自由の法』
一六五三	44		クロムウェル、残部議会を解散。護民官政はじまる（一二月―一六五八）
一六五四	45	『イングランド国民のための第二弁護論』（五月）	
一六五五	46	『自己弁護論』（八月） 『イングランド史』、『キリスト教教義論』の制作を開始（このころ）	北イタリアのピエモンテにて、サヴォイ公によるワルドー派プロテスタントの大虐殺おこる（四月） 共和政府、スペインと開戦（一〇月―一六五九）
一六五六	47	キャサリン＝ウッドコックと結婚（一一月）	ハリントン『オシアナ』
一六五七	48	娘キャサリン生まれる（一〇月）	
一六五八	49	妻キャサリン没（二月） 娘キャサリン没（三月） 『楽園の喪失』の口述に着手（このころ）	クロムウェル没（九月） リチャード＝クロムウェル、父の死後、護民官に任ぜられる

一六五九	50	『教会問題における世俗権力』(二月) 『教会浄化の方法』(八月) 「ある友人への書簡」(一〇月)	リチャード＝クロムウェル、辞職(五月)
一六六〇	51	『自由共和国樹立の要諦』(三月。改訂版、四月?) 投獄(秋)、出獄(?)	チャールズ二世の王政復古(五月) ボイルの法則 王立協会発足
一六六三	54	エリザベス＝ミンシャルと結婚(二月)	
一六六五	56	疫病を逃れてロンドン郊外チャルフォント・セント・ジャイルズに移る(七月—翌年二月)	第二次オランダ戦争(三月—一六六七) ロンドン大疫病(—一六六六)
一六六六	57	ブレッド通りの家、焼失(九月)	ロンドン大火(九月)
一六六七	58	『楽園の喪失』初版(一〇巻本)出版(八月?)	ホッブズ『ビヒモス』
一六七〇	61	『英国史』出版(一一月以前に)	
一六七一	62	『楽園の回復』、『闘技士サムソン』	
一六七二	63	『論理学』	第三次オランダ戦争(—一六七四)
一六七三	64	『真の宗教について』、『詩集』再版	
一六七四	65	『楽園の喪失』一二巻本(七月) 病没(一一月八日?)。享年六五	

参考文献

本書は初学者のための入門書だから、日本語で読める文献、それもげんざい入手可能の文献を中心にご紹介するにとどめる。

とはいってもミルトン学界で定本とされているひとつの全集は、ここに挙げておかなくてはならない。それは、

Frank Allen Patterson (gen. ed.), *The Works of John Milton.* 18 vols. in 21. New York: Columbia University Press, 1931-1938. An Index (2 vols.), 1940.

この全集は近年は購入しづらくなったと思っていたが、東京の書肆・本の友社がこの全巻復刻版を出版した（一九九三年）。このことは日本の出版界として世界に誇りうる快挙である。

個人がもつべきミルトン詩集、散文集の類いは、数が多い。それについては、次にのべる日本語文献各冊の巻末の文献説明などにゆずりたい。

ミルトンの作品へのアプローチとしては、次の諸訳が役立つであろう。出版年順にかかげる。

新井明訳『楽園の喪失』大修館書店、一九七八年。
平井正穂訳『失楽園』筑摩書房、一九八一年。これは一九八一年に岩波文庫にはいった。
新井明訳『楽園の回復・闘技士サムソン』大修館書店、一九八二年。

ミルトンの書いた散文論文の訳としては、田中浩・新井明を中心とする訳者グループのものが、いずれも未来社から出版されている。

『イングランド宗教改革論』（原田純、新井明、田中浩の共訳）一九七六年。再版、一九八四年。
『教会統治の理由』（新井明、田中浩）一九八六年。
『離婚の自由について――マーティン・ブーサー氏の判断』（新井明、松並綾子、田中浩）一九九二年。
『離婚の教理と規律』（新井明、佐野弘子、田中浩）一九

九七年。

同じ双書に私市元宏・黒田健二郎共訳の『教育論』一九八四年がある。いずれも訳注、解説が詳しい。

研究書としては、みずから掲げるのは憚られるのだが、次の拙著三冊が、最近のものとしては、いちおうのまとまりを示す書物である。

『ミルトン論考』中教出版、一九七九年。

『ミルトンの世界――叙事詩性の軌跡』研究社出版、一九八〇年。

『ミルトンとその周辺』彩流社、一九九五年。

論文集としては――

『ミルトン――詩と思想』越智文雄博士喜寿記念論文集編集委員会編、山口書店、一九八六年。

『ミルトンとその光芒』新井明編、金星堂、一九九二年。

日本におけるミルトン研究史については、次の書物を上げれば足りる。

『日本のミルトン文献』全四巻、黒田健二郎編、風間書房、一九七八―一九九一年。

このうち明治篇は一九七八年に、大正・昭和前期篇上は一九八五年に、同中は一九八八年に、同下は一九九一年に出た。いずれも一〇〇〇ページをこえる大著述である。ミルトンを中軸にした日本近代文芸史とよぶに価する内容であり、図書館と名のつく所は備えておくべき基本図書である（これは宮西光雄氏の学統をつぐ業績である）。

なお一七世紀イングランドの社会と思想を学ぶばあいには、次の諸書をお薦めする。

A・D・リンゼイ（永岡薫訳）『民主主義の本質――イギリス・デモクラシーとピュウリタニズム』未来社、一九六四年。増補版、一九九二年。

大木英夫『ピューリタン』中公新書、一九六八年。

今井宏『明治日本とイギリス革命』研究社出版、一九七四年。

田村秀夫『イギリス革命と現代』研究社出版、一九七九年。

田中浩・新井明共編『近世イギリスの文学と社会』（斎藤美洲教授退官記念論集）、金星堂、一九八〇年。

浜林正夫『イギリス宗教史』大月書店、一九八七年。

永岡薫・今関恒夫共編『イギリス革命におけるミルトンとバニヤン』御茶の水書房、一九九一年。

外国におけるミルトン文献の実情を知るためには——『ミルトン研究』一七世紀英文学研究会編、金星堂、一九七四年
の「参考文献」が便利であった。各文献に簡潔な説明がつけてあった。二〇年も前の本でもあり、いまは入手困難かもしれないが、図書館が所蔵しているばあいには、こんにちでも参照するに価する文献説明であろう。この種の参考文献が、新しく出来ていいはずである。

さいごに同志社女子大学におかれている日本ミルトン・センター（代表　越智文雄）の存在にふれておかなければならない。日本のミルトン学界の二先達、故宮西光雄先生と、現在も第一線に立つ越智文雄先生のおふたりの牽引力によって、一九七五年に設立された。実質上は日本ミルトン学会と称すべきものであり、研究会の推進、外国学会との提携、研究誌の発行、文献の収集にあたっている。日本におけるミルトン文献の大半は所蔵しているので、関心のある向きは問い合わせられることをお勧めする。われわれ英文学関係者は同志社女子大学がこの研究機関を保っていてくださることを、さすが新島襄の系譜をつぐ学園のなされることと、深く感謝していることを記させていただく。

さくいん

【書名、題名】

【地　名】

【事　項】

ミルトン■人と思想134　　定価はカバーに表示

1997年8月30日　第1刷発行©
2016年5月25日　新装版第1刷発行©

・著　者 ……………………………… 新《あら》井《い》　明《あきら》
・発行者 ……………………………… 渡部　哲治
・印刷所 ………………………… 広研印刷株式会社
・発行所 ……………………… 株式会社　清水書院

〒102-0072　東京都千代田区飯田橋3-11-6
Tel・03(5213)7151～7
振替口座・00130-3-5283
http://www.shimizushoin.co.jp

検印省略
落丁本・乱丁本は
おとりかえします。

CenturyBooks　　Printed in Japan
ISBN978-4-389-42134-2

CenturyBooks

清水書院の〝センチュリーブックス〟発刊のことば

近年の科学技術の発達は、まことに目覚ましいものがあります。月世界への旅行も、近い将来のこととして、夢ではなくなりました。しかし、一方、人間性は疎外され、文化も、商品化されようとしていることも、否定できません。

いま、人間性の回復をはかり、先人の遺した偉大な文化を継承して、高貴な精神の城を守り、明日への創造に資することは、今世紀に生きる私たちの、重大な責務であると信じます。

私たちがここに、「センチュリーブックス」を刊行いたしますのは、人間形成期にある学生・生徒の諸君、職場にある若い世代に精神の糧を提供し、この責任の一端を果たしたいためであります。

ここに読者諸氏の豊かな人間性を讃えつつご愛読を願います。

一九六七年

SHIMIZU SHOIN